메디컬 환생

Medical return

FUSION FANTASTIC STORY

유인(流人) 장편 소설

메디컬 환생 7

유인(流人) 장편 소설

초판 1쇄 찍은 날 § 2015년 4월 14일
초판 1쇄 펴낸 날 § 2015년 4월 21일

지은이 § 유인(流人)
펴낸이 § 서경석

편집부장 § 권태완
편집책임 § 박은정

펴낸곳 § 도서출판 청어람
등록번호 § 제387-1999-000006호
등록일자 § 1999. 5. 31
어람번호 § 제1-2102호

주소 § 경기도 부천시 원미구 부일로 483번길 40 서경B/D 3F (우) 420-822
전화 § 032-656-4452 팩스 § 032-656-4453
http://www.chungeoram.com
E-mail § chungeorambook@daum.net

ISBN 979-11-04-90200-0 04810
ISBN 979-11-316-9263-9 (세트)

메디컬 환생
FUSION FANTASTIC STORY
Medical return
유인(流人) 장편 소설
7
[완결]
도서출판 청어람

CONTENTS

메디컬 환생

Medical return

1장

세계 외과 학회의 주인공

그사이 진현의 학문적 업적은 어마어마하게 쌓여갔다.

대부분 이전 삶의 기억을 활용한 업적이다.

의학적 이슈 중 어떤 내용이 후에 인정을 받고 진실로 여겨지며, 어떤 방법을 써야 그것을 입증할 수 있는지 이미 진현은 알고 있기에 학문적 성과를 내는 것은 식은 죽 먹기보다 더 쉬웠다.

하지만 그의 업적 모두가 그런 종류의 것은 아니었다.

"데이비드, 이 주제로 연구를 해보는 것은 어떨까요?"

미래의 누구의 아이디어도 아닌 진현 본인의 구상이었다.

설명을 들은 데이비드의 눈이 커졌다.

"이 주제를 말입니까?"

"네, 현재 간암의 병기가 바르셀로나를 따르긴 하지만 오쿠다 등 확립이 안 되어서 정립에 도움이 되지 않을까 해서요."

데이비드는 진현에게 감탄의 눈빛을 보냈다.

"역시 미라클 김, 좋은 아이디어입니다. 같이 진행해 보죠."

연구 결과는 성공적이었다.

세계 3대 저널은 아니어도 그 밑의 급의 유수 저널에 게재가 확정되었다.

그 뒤에도 진현은 단순한 미래의 지식이 아닌, 자신의 아이디어로 연구를 구상하여 발표했다.

10년 앞선 의학계의 정립된 이슈를 알고 있어서인지 그의 아이디어는 항상 궤를 꿰뚫고 학계의 반향을 일으켰다.

그렇게 진현이 세인트 죠셉에 머무는 2년 동안 이룩한 학문적 업적은 기함할 정도였다.

미국, 아니, 세계의 의학계가 이 동양의 천재를 주목했다.

진현은 한 걸음, 한 걸음 진정한 대가(大家)가 되어갔다.

* * *

한국의 서울에 위치한 한 특급 호텔.

"상민 씨? 상민 씨?"

어렴풋한 목소리가 들렸다.

"상민 씨!!"

"……!"

이상민의 흐릿한 눈에 초점이 돌아왔다. 이연희가 걱정스레 물었다.

"도대체 무슨 생각해요? 요즘 계속 멍하니 있고."

"아… 아니야."

이상민이 미소를 지었다.

갈수록 말라가는 그는 이제는 뼈만 앙상히 남아 마치 말기 암 환자와 같은 외양이었다.

"담배 좀."

"담배 이제 좀 끊어요. 몸도 계속 안 좋잖아요."

"줘."

"안 된다니까요."

"주라고."

짧지만 차가운 목소리.

"……!"

이연희는 흠칫 놀라 이상민을 바라봤다.

어느덧 만난 지 2년이 넘어가는 그녀의 연인은 여전히 알 수 없는 미소를 짓고 있었다.

'도대체 저 미소 속에 무슨 생각을 하는 걸까?'

문득 그녀는 소름이 돋았다. 항상 몸을 섞지만 그에게서 사랑받는다고 느낀 적이 없다. 단 한 번도.

아니, 과연 그에게도 사랑이란 감정이 존재하긴 하는 걸까?

"후우……."

이상민은 담배 연기를 뿜었다.

"계속 몸이 안 좋으면 병원에 가보는 게 어때요?"

"병원? 맨날 출근하잖아."

"그런 것 말고요. 진료를 받아보세요."

"내가?"

"걱정돼서 그래요."

이상민은 미소를 지을 뿐이었다.

"걱정하지 마. 내 몸은 내가 잘 알아."

그래, 그의 몸은 그가 잘 알았다. 지금 자신이 앓고 있는 질환의 병명도 알고 있었다.

'환각(Hallucination)··· 정신증(Psychosis)······.'

지난 죄악에 대한 징벌일까?

눈을 감으면··· 아니, 눈을 뜨고 있어도 그들이 보였다.

그의 손에 죽은, 항상 피를 흘리고 있는 사람들.

'재미없군.'

자신에게 향하는 저주를 들으며 그는 생각했다.

'재미없어.'

계속된 환각 때문일까? 아니면 다른 이유 때문일까?

모든 것이 무료하고 따분하고 재미가 없었다. 삶의 모든 것에서 의미가 느껴지지 않았다.

'이래서 어머니가 자살했던 건가?'

우울증과 정신분열증은 정신과적 응급 질환이다. 네거티브적 감정 때문에 자살의 고위험군이기 때문이다.

'이 무료함은 정신분열증에 동반된 정서적 둔감(Obtundation), 쾌감상실(Anhedonoia)에 따른 것?'

그는 실없이 생각했다. 물론 현재 그의 증상을 정신분열증이라 진단하기에는 다소 맞지 않은 부분이 있었다. 그래도 확실한 것은 그의 감정이 서서히 마모되고 있다는 점이었다.

그는 문득 피식 웃었다.

'내 친구는 잘 지내고 있나?'

자신의 유일한 친구가 떠올랐다.

김진현.

왜일까?

오늘따라 그가 보고 싶었다.

이연희와 헤어지고 그는 포르쉐 스포츠카를 몰고 간선도로를 질주했다.

빠아앙!

폭주에 가까운 속도에 여러 자동차가 경적을 울렸으나 그는 신경 쓰지 않았다. 짧은 질주 후 그는 한남동 이종근의 저택 앞에 내려섰다.

"아버지는요?"

"기다리고 계십니다."

고용인이 그를 맞았다.

널찍한 방에 들어가니 이종근이 인상을 찌푸리고 술을 마시고 있었다. 1년 사이 굉장히 수척해진 이종근의 얼굴에는 짜증이 가득했다.

"뭘 하고 지금까지 돌아다니는 거냐?"

"그냥 밖에서 바람 좀 쐤어요."

이종근이 버럭 화를 내었다.

"정신 좀 차려! 지금 네가 그렇게 한가하게 돌아다닐 때인 줄 알아?! 이 한심한 놈!"

"……."

"멍청한 놈! 지 어미를 꼭 닮아서 한심하기 그지없어."

이미 취했는지 이종근의 얼굴은 뻘겠다. 만약 어릴 때였으면 가정폭력이라도 휘둘렀을 것이다.

"왜 부르셨어요?"

"2주 뒤에 특별히 하는 일은 없지?"

"네, 특별한 일은 없는데요."

"그러면 그때 시카고에 갔다 와."

"시카고에는 왜요?"

"그때 시카고에 세계 외과 학회가 있잖아. 밥만 빌어먹지 말고 거기 가서 구연 발표(Oral presentation)라도 하고 와."

세계 외과 학회는 전문의만 수만 명이 참석하는 세계 최고의 외과의사들의 학술 대회이다. 그런 곳에서 구연 발표를 한다는 것은 레지던트, 교수를 떠나 굉장한 영광이 아닐 수 없다.

이종근은 짜증 섞인 목소리로 말했다.

"고영찬 교수가 본인 연구를 네 이름으로 발표했어. 발표 파일과 대본도 다 준비해 놨으니 넌 몸만 가서 발표하고 와."

그렇게 이상민은 시카고의 세계 외과 학회에 참석하기로 했다.

세계 외과 학회는 이상민만 참석한 것은 아니었다.

주임교수, 아니, 이제 외과과장인 고영찬과 이종근도 같이 갔다. 고영찬은 자신의 연구 때문에 참석한 것이고 이종근은 최근 답답한 마음에 휴가차 갔다.

"가서 잘 배우고. 발표도 똑바로 잘해."

이종근은 마음에 안 드는 얼굴로 말했다.

'한심한 놈.'

그런 아버지의 마음을 아는지 모르는지 이상민은 그저 미소를 지을 뿐이었다.

"네."

시카고에 도착한 그들은 6성급 호텔에 짐을 풀고 학회장으로 향했다.

세계 외과 학회라는 이름에 걸맞게 어마어마한 규모였다. 삼성동 코엑스의 4배쯤 되는 컨벤션 센터에 외과의사가 바글바글했다. 족히 3만 명은 될 듯한 인원이었다.

"전 세계에서 모인 의사들 앞에서 발표하는 것이니 꼭 잘해야 해."

무척 부담이 되는 자리지만 그만큼 영광스러운 자리기도 했다. 실적에도 도움이 되리라.

'어린애도 아니고. 이런 걸 일일이 챙겨줘야 하다니. 젠장.'

그때 고영찬이 물었다.

"어느 세션에 참가할까요, 이사장님?"

"그래도 오늘은 이놈이 발표하는 세션에 참가해야지. 학술대회 내용을 먼저 보지."

외과 최고의 학회답게 학술 대회는 한 구역에서만 이루어지지 않았다. 걸어서 10분은 넘게 걸리는 거리만큼 떨어진 곳에

총 4개의 구역이 있었다.

"이놈의 발표가 언제지?"

"B구역의 오후 2시 30분입니다."

"B구역……."

그들은 학술 대회의 구체적인 내용을 담은 안내 서적을 펼쳤다. 그런데 내용을 살피던 그들의 눈이 커졌다.

익숙한 이름이 안내 서적에 가득 적혀 있었다.

〈Professor, Jin Hyun Kim(진현 김), Saint Joseph Hospital!〉

그런데 그 이름이 한 번만 적혀 있는 것이 아니었다. B구역의 발표를 거의 도배하다시피 적혀 있었던 것이다.

"뭐, 뭐야, 이건?"

오늘만 7회의 발표. 그리고 내일도, 모레도.

이건 거의 세계 외과 학회 B구역을 진현을 위해 전세를 내준 느낌의 발표 일정이었다.

그것도 조잡한 내용의 발표도 아니었다. 하나같이 최근 외과계에 화두가 되고 있는 주제들이었다.

"이, 이게 뭐야? 왜 이놈이 이렇게?"

이종근이 당황해 짜증을 냈으나 질문할 필요가 없었다. 모두 2년 동안 진현이 이룬 학문적 업적에 대한 발표였으니까.

중간에 이상민의 조잡한 발표가 끼어 있긴 했으나 진현의 굵직한 발표에 가려 몇 명이나 관심을 가질지 모를 지경이었다.

그때 발표자들은 각 구역으로 늦지 않게 참석해 달라는 연락이 왔다. 어쩔 수 없이 그들은 B구역에 들어갔다. 그리고 그곳에서 그들이 본 것은 빛이 나는 진현의 위상이었다.

"거기 안 보이니 좀 비킵시다!"

"여긴 내 자리요!"

A, B, C, D 4구역 중 B구역이 가장 미어터졌다.

백인, 황인, 흑인 할 것 없이 전 세계에서 모인 외과의사가 세기의 천재, 진현의 발표를 듣기 위해 모여든 것이다.

"다들 뒤에 사람 안 가리게 자리에 잘 앉아주세요! 자리 없으니 계단 사이에라도 앉아주세요!"

수용 인원이 넘치게 모여든 사람들에게 진행 요원들이 외쳤다.

이종근과 고영찬은 엉거주춤 간이의자에 앉았다. 이사장 체면에 그나마 계단에 안 앉아서 다행이었다.

'도대체 이 무슨…….'

이종근은 이 상황이 믿기지가 않았다. 그리고 놀라운 일은 그것으로 끝이 아니었다. 드디어 첫 발표를 하기 위해 연자가 나타났다. 앳된 인상의 동양인, 진현이었다.

"안녕하십니까? 세인트 죠셉의 진현 김이라 합니다. 먼저 밀란(Milan criteria)을 충족하는 간암 환자의 5년 사망률, 그리고 MELD score(The Model for End—stage Liver disease score)에 따른 각 치료 방법에 따른 생존률과 합병증에 관한 사항을 메타 분석한 연구를 발표하고자 합니다."

단순한 인사말임에도 불구하고 우레와 같은 박수가 터져 나왔다. 얼마 전 란셋(Lancet)에 발표된 최근 가장 이슈가 되고 있는 논문이었기 때문이다.

"너무 많은 사람 앞이어서 긴장이 되네요. 실수하더라도 용서해 주시기 바랍니다."

농담 섞인 말을 한 후, 본격적으로 발표를 시작했다.

"42개 센터에서 조사한 결과, 합병증이……."

컨벤션 센터가 죽은 듯이 조용해졌다. 모두가 집중해 진현의 목소리에 집중했다.

그뿐 아니라 진현은 연달아 3개의 발표를 하였다. 전부 다른 주제의, 하지만 세계 3대 의학 저널에 기재된 최고의 이슈를 끄는 저널들의 발표였다. 당연히 모두 진현이 1저자였다.

1시간여가 지난 후, 연속 발표가 끝났다.

다시 우레와 같은 박수 후 사람들이 폭풍 같은 질문을 던졌다.

"저는 영국 캐임브릿지 의대의 도널드입니다. 닥터 김의 연구는 매우 감명 깊게 읽었습니다. 그런데 저희 센터의 연구 결과에 따르면……."

"저는 존스홉킨스의 로이드입니다. 역시 마찬가지로 감명 깊게 발표를 들었습니다. 한 가지 질문이 있는데……."

세계에서 내로라하는 의학자들이 진현에게 질문을 쏟아부었다. 이종근이나 고영찬 따위는 명함도 못 내밀 분위기였다. 그 모든 질문에 진현은 한 치의 주눅도 없이 당당히 대답했다.

이종근 주위에서 누군가가 대화를 나눴다.

"하, 저렇게 어린데 정말 대단해. 얼굴에서 빛이 나는군. 빛이 나."

"세기의 천재라잖아."

"지난 2년간의 연구 업적을 보면 세기의 천재란 말도 모자라는데? 인간이 아니야, 인간이."

"일본인인가?"

"아니야. 한국인이라는데?"

"그래? 하여튼 한국인들은 좋겠군. 저런 세기의 천재가 태어나다니."

"뭘, 그래 봤자 지금은 반은 미국인인걸. 내가 세인트 죠셉에 아는 사람이 있는데 한국에서 쫓겨나듯 세인트 죠셉으로 온 것이라 던데?"

"하? 정말로? 누군지 모르지만 저런 천재를 쫓아내다니. 정말 바보 등신이군."

그 수군거림을 듣고 있던 바보 등신, 이종근은 얼굴이 벌게졌다.

그때 누군가 진현에게 마지막 질문을 했다.

"닥터 김, 마지막 질문을 하겠습니다."

"말씀하십시오."

"이 논문들을 모두 닥터 김 혼자서 연구했다는 소문이 있는데 사실입니까?"

그 질문에 모두가 김진현을 바라봤다.

여러 사람이 그런 소문을 듣긴 했다. 이 기적 같은 연구 업적은 세인트 죠셉의 공동 성과가 아니라 김진현이란 괴물 한 명이 이룬 것이라고.

"글쎄요. 전 세인트 죠셉의 선생님들께 많은 도움을 받습니다."

진현은 애매하게 답했다.

짝짝짝!

질문 시간이 끝나고 터질 듯한 박수가 울렸다. 그렇게 진현은 세계 외과의사들 사이에서 당당히 이름을 알렸다.

이종근은 주먹을 움켜쥐었다.

'젠장.'

중간에 이상민의 발표가 있긴 했다.

나름 나쁘지 않은 발표였지만 진현에게 가려 아무도 신경 쓰지 않았다. 그리고 다음엔 진현의 마지막 발표 시간.

"이번엔 담관 기형 환자에서 스텐트를 이용한 간 소장 문합술에 대한 수술을 발표하겠습니다."

이미 몇 차례 발표를 진행한 진현은 다소 지친 얼굴로 발표를 이어갔다.

"해당 담관 기형은 드물긴 하지만 간이식을 어렵게 하는 상황으로……."

이번 것은 연구라기보단 담관 기형이란 특수한 상황 때 수술 술식에 대한 발표였다. 1년 전 이해중 회장을 치료할 때 시도했던 방법으로, 그 아이디어에 감명한 데이비드가 같은 환자를 만날 때마다 적극적으로 사용했다.

그리고 데이터를 모아보니 성적이 굉장히 좋아 이렇게 세계 외과 학회에서 발표하게 된 것이다. 심지어 데이비드는 이렇게도 말했다.

'이건 킴스 메소드(Kim' s method)라고 이름 붙여야 해!'

킴스 메소드(Kim' s method).

김진현의 수술법이란 뜻이었다.

진현은 자신의 이름을 붙일 만큼 대단한 것은 아니라 생각했지만, 이렇게 학회에서 지식을 공유하면 누군가에게 도움을 줄 수 있을지도 몰랐다.

가만히 듣던 중 누군가 불쑥 끼어들었다.

하버드의 대가, 저스틴이었다.

"닥터 김, 당신이 대단한 천재인 것은 알지만 지금 이 아이디어는 동의할 수 없소."

하지만 진현은 고개를 저었다. 예상했던 반응이다.

"네, 그럴 것이라 생각하고 동영상을 준비해 왔습니다. 먼저 보십시오."

커다란 화면에 진현이 수술하는 장면이 나타났다. 그 수술을 보는 전 세계의 외과의사들의 눈에 경악이 떠올랐다.

"Oh, my God!"

"지저스(Jejus). 어떻게 저런 방식으로?"

동영상이 끝났지만 하버드의 저스틴은 수긍하지 않았다.

"닥터 김, 그 수술 방법에는 큰 단점이 있소."

"무엇입니까?"

"훌륭한 수술 방법이긴 하지만, 너무 익스퍼트(Expert)한 실력을 요구하는 방법이오. 그 수술법을 성공했던 것은 당신이 익스퍼트이기 때문이지 다른 사람들이 같은 수술을 하면, 글쎄? 실패 확률이 높다고 생각하오."

정확한 지적이었다.

수술법은 누구나 사용할 수 있는 방법이어야 가치가 있지, 일부의 뛰어난 사람만 사용할 수 있으면 가치가 없다.

진현은 머쓱히 웃었다.

"네, 좋은 지적 감사합니다. 개선점을 찾도록 하겠습니다."

"그래도 수술 실력이 뒷받침된다면 확실히 담관 기형이 있는 사람들한테 도움이 될 것 같기는 하오. 우리 하버드와 합작으로 개선점을 찾는 것을 연구해 보면 좋을 것 같은데, 생각 있으면 연락 주시오. 아, 그리고 마지막으로……."

"……?"

하버드의 저스틴이 웃으며 마지막 질문을 했다.

"우리 하버드로 옮길 생각은 없소, 닥터 김? 내가 내 연봉을 털어서라도 최고의 대우를 해주겠소."

농담 섞인 그 물음에 웃음 섞인 야유가 들렸다. 다른 병원의 의사들이 일어나 말했다.

"그러지 말고 차라리 죤스홉킨스로 오시오!"

"아니, 이 사람들이 갑자기 학회장에서 왜 이러나? 차라리 우리 메이요로 오시오!"

진현은 난감하게 웃으며 응대했다.

"관심에 감사합니다. 여기는 학회장이니 나중에 따로 말씀해 주시면 감사하겠습니다."

그렇게 진현의 발표가 열화와 같은 호응 속에 마무리되었다.

"많은 발표 경청해 주셔서 감사합니다. 더 이상 질문이 없으면 이만 마치도록 하겠습니다. 아, 마치기 전에."

진현의 얼굴이 한 방향을 향했다. 다름 아닌 이상민이 앉아 있는 쪽이었다. 진현의 눈이 깊어졌다.

"거기 한국에서 오신 의사 선생님은 따로 질문 없으십니까? 계속 말없이 계시던데."

"……!"

이상민의 얼굴이 굳어졌다. 진현은 차갑게 그를 바라봤다.

"질문 없으십니까?"

"…없습니다."

"그렇군요. 그러면……."

진현은 짧게 말했다.

"조만간 봅시다."

"……!"

마지막 말은 한국어였다.

이상민의 얼굴이 더없이 딱딱해졌다.

고등학교 때부터 친구였던 진현과 이상민.

항상 1등과 2등.

그 격차는 지금 하늘과 땅처럼 벌어져 있었다.

세계적 대가(大家)와 일개 레지던트.

그게 진현과 이상민의 차이였다.

* * *

다시 날씨가 싸늘해졌다.

세계의 중심 뉴욕.

그중에서도 마천루가 치솟은 맨해튼도 겨울이 깊어졌다.

"꼭 그렇게 해야겠습니까, 닥터 김?"

맨해튼 센트럴 파크 인근에 위치한 뉴욕 최고의 병원 세인트 죠셉에서 병원장 제임스가 곤란한 표정을 짓고 있었다.

"난 시기를 좀 늦추었으면 좋겠는데……."

"죄송합니다. 약속대로 진행해 주십시오."

세인트 죠셉의 병원장 앞에는 젊다 못해 어린 인상의 동양계 남자가 앉아 있었다. 최근 미국 의학계에서 떠오르는 신성(新星)으로 불리는 미라클 김진현이었다.

"제 개인적인 생각을 떠나서 우리 세인트 죠셉은 닥터 김의 한국행을 조금만 미루고 싶은데……. 닥터 김도 알겠지만 닥터 김이 지금 한국으로 떠나면 너무 손해가 커요."

진현도 병원의 입장을 이해했다.

현재 그의 주가는 하늘 높은 줄 모르고 치솟은 상태였다.

제약회사와 연계해 진행되는 프로젝트들, 기타 대규모 선행 연구(Multicenter prospective randomized study), 그리고 미라클이라고까지 불리는 그의 수술을 받기 위해 대기하는 환자들…….

한마디로 진현은 세인트 죠셉 내에서도 손꼽히는 스타 의사였다. 세인트 죠셉 병원 입장에선 최고의 가치를 가진 의사를 극동의 한국으로 파견 보내고 싶지 않았다.

"죄송합니다. 처음 계약할 때의 약속대로 저를 한국 대일병원에 교환교수로 보내주십시오."

제임스는 한숨을 내쉬었다.

"후우, 도대체 왜 군이 한국에 돌아가려는 것인가요, 닥터 김? 고향이라서? 아니면 다른 이유라도 있나요?"

"……"

진현은 답하지 않았지만 그의 굳은 얼굴은 굽히지 않을 의지를 나타내었다. 결국 제임스가 항복했다.

"알겠습니다. 너무 아쉽지만 어쩔 수 없죠. 대신 교환교수 기간이 끝나면 곧바로 돌아와야 합니다. 알겠죠?"

"네, 감사합니다."

교환교수 기간은 1년으로 그가 원하는 일을 이루기에 충분했다. 그렇게 세인트 죠셉 병원은 한국의 대일병원에 공문을 보냈다.

조만간 정기적으로 교류하는 교환교수로 간 파트의 닥터 김이 파견 갈 것이라고.

그 공문은 한국 대일병원을 뒤집어엎었다.

"유 교수, 혹시 그 이야기 들었나?"

간이식 분야 국내 최고의 대가(大家) 강민철이 주니어 교수 유영수에게 물었다. 유영수는 기쁜 얼굴로 고개를 끄덕였다.

"네, 들었습니다. 교수님."

강민철이 크게 웃음을 터뜨렸다.

"하하, 김진현, 그 친구가 대일병원으로 온다고 하네! 그것도 세인트 죠셉의 교수 자격으로 말이야! 하하!"

강민철은 마치 친자식이 금의환향하는 것처럼 기뻐했다.

유영수도 가만히 미소를 지었다.

'잘됐어, 정말로. 김 선생이 그렇게 떠났을 때 다들 얼마나 안타까워했는지.'

이전 진현이 억울한 죄를 뒤집어쓰고 대일병원을 떠날 때 다들 얼마나 낙심했는지 모른다. 특히 그를 후계자로 여기며 아꼈던 강민철의 상심은 상상을 초월해 한동안 술독에 빠져 정신을 못 차릴 정도였다.

"잘됐어. 정말 잘됐어."

강민철은 기뻐 중얼거렸다.

더구나 단순한 금의환향 정도가 아니라 세계에서도 인정받는 대가가 되어서 돌아오는 것이다. 몇 년 사이 진현의 명성은 국내 최고라 불리는 강민철을 능가했다.

청출어람.

그것보다 스승을 기쁘게 하는 단어가 있을까?

"미국에 가서 수술 실력이 죽진 않았겠지?"

"설마요. 미국 내에서 미라클 김이라 불린다지 않습니까?"

"그래, 김 선생의 실력과 재능은 정말 미라클이란 단어에 어울리지. 어울리고말고."

강민철은 흐뭇한 표정을 지었다.

"떠날 때 제대로 술도 못 사줬는데… 이번에 돌아오면 술이라도 사줘야겠어."

"김 선생은 소고기 좋아합니다."

"그래, 그깟 소고기. 백제 갈비라도 가서 사주지."

강민철은 인근에 위치한 1인 분에 10만 원을 훨씬 넘는 최고급 소고기 집을 말했다. 그 마음에 유영수가 웃으며 답했다.

"네, 김 선생이 좋아할 것입니다."

진현의 복귀에 기뻐한 이들은 강민철과 유영수만이 아니었다.

"다행이야. 정말로 다행이야."

학생 때부터 연이 있었던 내과의 최대원이 웃음을 지었다.

최대원뿐 아니라 진현과 연이 있었던 모든 이가 크게 기뻐했다.

모두들 진현의 인품과 환자를 향한 마음, 그리고 그의 뛰어난 실력을 기억하고 있었다.

별같이 빛나던 그가 억울하게 떠났을 때 다들 얼마나 안타까워했는지.

하지만 진현의 복귀를 반기지 않는 사람들도 있었다.

이사장 이종근 일당이었다.

"제길. 그놈의 김진현! 김진현!"

이종근은 왈칵 짜증을 내었다.

"왜 세인트 죠셉에선 다른 교수도 많으면서 하필 그놈을 교환교수로 보낸단 거야?"

외과 과장 고영찬이 조심히 물었다.

"어떻게 하시겠습니까, 이사장님?"

사실 김진현이 오든 말든 그들과 큰 연관은 없었다.

이제 김진현은 세인트 죠셉 소속의 의사였고, 지난 2년간 대일병원의 후계는 이상민으로 굳어졌으니까. 하지만 이종근은 왠지 기분이 좋지 않았다.

지난 악연도 악연이고……. 괜히 불길한 느낌이 들었다.

'동민이와 아버지가 그놈을 협력 교수로 초빙하자고 하는 걸 이 핑계 저 핑계 대면서 피했는데… 교환교수로 온다고?'

대일 그룹의 전체 회장인 이해중과 확고한 후계자 이동민은 김진현, 그놈을 은인으로 여겨 거액을 들여서라도 대일 병원으로 스카우트하고 싶어 했다.

2장

한국으로

"거절해. 그놈 말고 다른 교수를 보내 달라 그래."

고영찬이 살짝 당황했다.

"하지만… 파견할 교수를 정하는 것은 그쪽의 권한인데……."

대일병원과 세인트 죠셉 간의 교수 교류는 역사 깊은 전통으로 어느 교수를 보낼지 결정하는 것은 각 병원 고유 권한이었다.

"그리고 거절할 명분도 없습니다."

무슨 명목으로 세인트 죠셉에서 제일 잘나가는 교수의 파견을 거절한단 말인가? 쌍수를 들고 환영해도 모자랄 판에.

이종근은 버럭 화를 냈다.

"명분은 자네가 알아서 생각해! 그 정도도 생각 못하나?!"

그런데 그 순간이었다!

"크윽!"

이종근이 갑자기 머리를 감싸 쥐었다. 고영찬이 놀라 다가왔다.

"이사장님!"

"크윽……."

두통은 한참을 지속되다 멈추었다. 고영찬이 걱정스레 물었다.

"괜찮으십니까?"

"크… 스트레스 때문인지 요즘 자꾸 편두통이 오는군. 민 비서, 물 좀 가져다줘."

민 비서가 시원한 물을 가져오자 이종근은 잔을 들이켰다.

"검사를 받아보시는 게 어떻습니까?"

"편두통인 것 같은데 무슨 검사를 해? 어차피 MRI를 찍어도 아무것도 안 나올 텐데."

"그래도 혹시 다른 병이 숨어 있을 수도 있으니……."

"됐어. 요즘 스트레스가 심해서 그래. 계속 안 좋으면 그때 검사해 보지."

그래, 스트레스 때문이다.

막내 동생인 이동민이 그룹 전체의 경영권을 승계받기 시작한 뒤로 그룹 내에서 대일병원을 바라보는 시선이 심상치가 않다.

무엇보다 그는 막내 동생 이동민과 어릴 때부터 좋은 사이가 아니어서 병원의 경영권을 시시각각 위협받고 있어 스트레스가 보통이 아니었다.

'이런 판국에 김진현 그 기분 나쁜 놈도 대일병원에 온다고 난리고. 제기랄.'

이종근은 이를 악물며 말했다.

"어쨌든 세인트 죠셉 측에 말해. 김진현, 그놈은 절대 안 된다고. 만약 반발하면 앞으로 교수 교류를 끊겠다고 전해."

어차피 교수 교류야 학문적 상징성이 있을 뿐, 병원 전체에 큰 영향을 주는 사안이 아니므로 교류를 끊어도 문제가 될 것은 없다.

'김진현… 이 지긋지긋한 놈. 절대 다시는 내 대일병원에 발을 디디게 하지 않겠다.'

대일병원의 거절은 곧바로 김진현의 귀에 들어갔다.

"대일병원에서 거절했다고요?"

"네, 닥터 김."

병원장 제임스는 불쾌한 표정이었다.

고작 동양의 조그만 나라의 병원에서 세인트 죠셉의 보물을 거절하다니? 물론 잘나가는 닥터 김이 동양의 작은 나라에 가는 것을 반대하긴 했다.

그래도 막상 자신들의 소중한 보물이 대일병원에서 거절당하자 본인이 거절당한 것처럼 기분이 나빴다.

"도대체 대일병원에서 무슨 생각을 하는지 모르겠군요. 두 손을 들고 엎드려 절하며 부탁해도 시원찮을 판에 거절이라니. 만약 닥터 김을 계속 보낼 생각이면 오랜 전통인 교수 교류를 중단하겠다고 합니다."

진현은 단번에 상황을 파악했다. 이사장 이종근의 수작이 분명했다.

'이종근…….'

그는 주먹을 움켜쥐었다.

이상민, 이종근… 둘 다 용서할 수 없었다.

"대일병원 측에 강하게 요청할 수는 없습니까?"

"아예 교수 교류를 끊겠다고 나온 상황이어서 어려울 듯합니다."

제임스는 대일병원을 욕했다.

"차라리 잘됐습니다. 그딴 곳에 갈 필요가 있습니까? 그냥 가지 마십시오. 닥터 김은 대일병원 같은 곳에 어울리는 인재가 아닙니다."

어쩔 수 없이 진현은 병원장실을 나왔다.

대일병원이 이런 식으로 강경히 나온다면 세인트 죠셉 측에서도 진현을 보내줄 방법이 없다. 아니, 별로 보내주고 싶은 마음도 없는 것 같고.

'어떻게 하지?'

진현은 자신의 교수실에 돌아왔다. 세인트 죠셉은 그에게 최고의 교수실을 마련해 주었다.

센트럴 파크와 맨해튼 서쪽이 한눈에 내려다보이는 교수실은 혼자서 쓰기엔 지나치게 넓고 호화로웠다.

그는 원목 책상 한편에 수북이 쌓여 있는 프로젝트 서류를 보며 생각했다. 이종근, 이상민과의 악연을 마무리하기 위해선 반드시 한국에 돌아가야 했다.

대일병원에 교환교수로 가면 가장 좋기야 하겠지만, 여의치 않다면 다른 방법을 고려해야 했다.

'꼭 대일병원의 교환교수로 돌아갈 필요는 없으니.'

그런데 생각지도 못한 방향으로 일이 풀렸다.

한국의 외과 학회에 진현에 대한 소문이 돈 것이다.

*　　*　　*

서울 강북 대학로에 위치한 한국 최고의 명문 한국대 의과대학 부속병원.

한국대병원 외과 과장 김민석이 물었다.

"세인트 죠셉의 김진현 교수가 교환교수로 파견 오는 것을 대일병원이 거절했다고?"

다른 교수가 답했다.

"네, 지난번 간이식 학회에서 강민철 회장이 울분을 토하더라고요."

"김진현이면 최근 미국 의학계에서 가장 떠오르는 그 스타 교수 아닌가?"

"네, 맞습니다."

"거금을 주고 모셔 와도 시원찮을 판에 왜 거절한 거지?"

"그건 잘 모르겠습니다."

한국대 외과 과장 김민석은 턱을 쓰다듬었다.

"김진현 교수가 우리 후배 맞지?"

"네, 72기 수석졸업생으로 저희들 후배입니다."

한 교수가 자랑스러운 목소리로 답했다.

72기면 까마득히 어린 후배이다. 그런 어린 후배가 의학의 종주국 미국의 학회를 뒤흔들고 있으니 자랑스럽지 않을 수가 없다.

과장 김민석이 새롭게 발령 난 젊은 교수 남기택을 바라봤다.

"남기택 교수, 자네랑 비슷한 연배인 것 같은데 김진현 교수와 같이 일해 본 적이 있나?"

"네, 제가 치프일 때 외과 실습학생이었습니다."

"어땠나?"

그 물음에 남기택은 깡마른 얼굴로 미소를 지었다.

김진현과 함께한 시간은 굉장히 짧았지만, 강렬한 기억이 남아 있었다. 치프였던 그가 진현의 도움 덕분에 환자를 잃지 않았으니까.

"학생일 때도 천재였습니다. 그때도 최고였는데 지금은 어떻게 성장해 있을지 짐작도 되지 않습니다."

김민석은 고개를 끄덕이며 말했다.

"그러면 우리가 접촉해 볼까?"

"접촉이라 하면……?"

"대일병원이 아니라 우리 한국대병원에 교환교수로 올 생각 없는지 물어보자고. 김진현 교수 입장에서도 모교에 교환교수로 오면 좋지 않을까?"

외과 교수들은 고개를 끄덕였다.

좋은 생각이었다. 김진현 같은 스타 교수가 파견 오면 한국대

병원의 학문적 위상에도 큰 이득이었으니까.

인사 담당자인 민 교수가 말했다.

"네, 연락을 해보겠습니다."

"그래, 민 교수가 책임지고 최대한 빨리 연락해 보라고. 광혜병원이나 기독병원에서 채가면 곤란하니까.

과장 김민석은 행정을 도맡고 있는 민 교수를 재촉했다.

"네, 최대한 빨리 연락해 보겠습니다."

"그래, 또 한국계 스타 교수를 광혜병원이나 기독병원 측에 뺏기면 안 돼."

과거 광혜 병원은 존스 홉킨스의 오영수를, 기독병원은 엠디 엠더슨의 오스틴 김을 부분 협력 교수의 형태로 스카우트했었고, 세계적 대가인 그들을 간판에 걸어놓음에 따라 막대한 홍보 효과를 누렸었다.

"서둘러. 김진현 교수는 꼭 우리가 데려오자고."

과장 김민석은 민 교수를 다시 한 번 독촉했다.

* * *

한국대병원의 외과 과장 김민석의 걱정대로 광혜병원과 기독병원도 진현에게 접근했다.

"김진현이면 최근 미국에서 가장 뜨는 외과 교수잖아? 다른 병원으로 안 가게 꼭 책임지고 우리 쪽으로 데려와!"

김진현이 지난 몇 년간 학계에 남긴 업적은 상상을 초월했다. 대단하다고 평할 수준을 한참 뛰어넘어 그야말로 외계인이 아니면 불가능한 업적들이었다.

단순히 NEJM 몇 편 기재… 이런 게 아닌, 의학적 패러다임을 바꾸는 저널을 몇 편이나 썼는지 모른다.

이런 추세대로라면 언젠가 김진현 교수는 노벨상 후보자 중 한 명이 될 판이었다.

'무슨 수를 써서라도 우리 쪽으로 데려와야 해!'

김진현 정도 되는 스타 교수는 단순한 방문만으로도 학문적 의의와 홍보 효과가 있어 각 대학에서 초빙하기 위해 기를 쓴다. 더구나 단순 강연이나 방문이 아닌 교환교수 파견이다.

따라서 대일병원을 제외한 대한민국 굴지의 병원들이 진현을 모셔오기 위해 기를 쓰고 접촉했다. 맨해튼 세인트 죠셉의 병원장 제임스는 다시 곤란한 표정을 지을 수밖에 없었다.

"한국대병원, 광혜병원, 기독병원에서 닥터 김을 교환교수로 보내줄 수 없느냐고 요청해 왔습니다. 어떻게 생각하시나요?"

제임스는 여전히 안 갔으면 하는 표정으로 진현을 바라봤다. 세인트 죠셉에 꽁꽁 보관하고 싶은 듯했다. 하지만 진현은 두 번 생각하지 않고 답했다.

"가겠습니다."

제임스는 아쉬운 마음으로 물었다.

"어쩔 수 없군요. 어느 병원으로 파견 가겠습니까?"

"그건 조금 생각을 해보겠습니다."

각 병원마다 제시한 조건이 달랐다. 모교인 한국대병원이 가장 끌리긴 했으나 국립대의 특성상 혜택이 제일 박했다.

'어차피 돈을 바라고 가는 것은 아니니.'

사실 대일병원이 아니면 어느 병원을 가든 다 똑같았다.

'이종근과 이상민이 있는 대일병원에 가는 것이 제일 좋긴 한데. 어쩔 수가 없군.'

그런데 하늘이 진현을 살핀 것일까? 또다시 의외의 방향으로 일이 풀렸다. 한국 최고의 언론사인 KBC에서 진현에게 연락을 한 것이다.

"명의(名醫) 후속 편을 찍고 싶다고요?"

진현은 놀란 얼굴로 물었다.

—네, 선생님.

"하지만 전 나이도 어리고… 다른 뛰어난 선배님에게 부탁하는 것이 나을 듯합니다."

진현은 곤란한 마음이 들었다.

명의는 한국의 고명한 의사들을 소개하는 프로그램으로 의사에 대한 미화가 장난이 아니라 지난번 방송을 찍고 나서 얼마나 민망했던지 모른다.

하지만 KBC 방송국은 거듭 그를 설득했다.

—지난번 방영했을 때는 더 어리시지 않았습니까? 그때 방송했던 편의 반응이 굉장히 좋았었습니다.

"하지만 전 지금 한국의 의사가 아닌 미국에서 일하는 중입니다."

—미국에서 일하고 있지만, 그 어떤 한국 의사보다 한국을 빛내고 있지 않습니까? 선생님의 자랑스러운 업적을 한국인으로서 소개하고 싶어서 그러니 제발 부탁합니다."

그 간절한 부탁에 진현은 하는 수 없이 승낙을 했다.

"알겠습니다. 대신 너무 편파적으로 미화시키진 말아주십시오."

―알겠습니다. 최대한 객관적으로 방영토록 하겠습니다.

하지만 언론사 PD는 전화기 너머 웃음을 지었다.

'미화를 할 필요가 없지. 그냥 있는 사실 그대로 방송만 해도 판타스틱할 텐데.'

진현이 지금까지 해낸 일이 너무나 많아 객관적인 사실만 담아도 방송 시간이 모자랄 걱정을 해야 할 판이었다.

'이번 방송도 대박이야. 분명히.'

그렇게 KBC 방송국에서 스탭들이 뉴욕으로 날아와 진현의 업적을 카메라에 담았다. 촬영 마지막에 기자가 인터뷰 형식으로 물었다.

"촬영 협조에 감사합니다. 김 교수님은 향후 한국으로 돌아오실 생각은 없으십니까?"

진현은 쓴웃음을 지었다.

왜 없겠는가? 최고의 대우를 받고 있고, 더할 나위 없이 좋은 환경이지만 가족과 사랑하는 이들이 모두 있는 한국이 안 그리울 수가 없었다.

"나중에 상황이 되면 한국으로 돌아가고 싶은 마음은 있습니다."

그런데 기자가 의외의 질문을 하였다.

"만약 원래 일하던 대일병원에서 스카우트 제의를 하면 받아들일 것입니까?"

진현은 별생각 없이 답했다.

"그럴 일은 없을 겁니다. 사실 이번에도 교환교수로 파견 가려 했으나 대일병원 쪽에서 거절했거든요."

기자는 놀란 표정을 지었다.

"대일병원에서 김 교수님이 오는 것을 거절했다고요? 어째서 거절한 것입니까?"

"글쎄요? 그건 저도 잘 모르겠습니다."

그렇게 촬영이 끝났다.

기자를 비롯한 촬영진들은 서로를 바라봤다.

"김 교수님과 대일병원 측에 무언가 문제가 있나 보지?"

"그런가 본데요? 한번 파고들어 볼까요? 이것도 이야기 거리가 나올 것 같은데."

"아니야. 예민한 문제일 텐데 대일 그룹 측에서 별로 안 좋아할 거야. 그냥 간단히 언급만 하자고."

촬영진들은 고개를 끄덕였다. 명의 프로그램에서 굳이 예민한 문제를 건드릴 필요는 없다.

곧 진현의 방송편이 방영되었다.

미국 의학계를 뒤흔들고 있는 한국 천재 의사 김진현!

진현이 학계에 몇 년간 남긴 업적들, 마피아 두목을 치료한 이야기, 뉴욕의 명사들을 수술한 이야기, 그리고 대일 그룹의 회장인 이해중의 목숨을 살린 이야기…….

눈으로 보고도 믿기지 않는 판타스틱한 이야기들이 주르륵 펼쳐졌고 반응은 예상대로 대박이었다.

방송은 진현의 애국심(?)을 언급하며 끝을 맺었다.

—김진현 교수는 기회만 된다면 귀국해 한국을 위해 일하고 싶다고 합니다. 이번에도 한국 대일병원에 교환교수로 오려 했으나 병원 사정상 결렬되어 안타까워했습니다.

한국의 수많은 사람이 그 방송을 보았다. 그중에는 대일 그룹의 회장인 이해중과 후계자 이동민도 있었다.

생명의 은인인 김진현의 방송이라 일부러 챙겨본 것이다.

"동민아."

"네, 아버지."

"김 교수가 우리 대일병원에 교환교수로 오려고 했었다고? 넌 알고 있었느냐?"

"…아니요."

처음 듣는 이야기였다.

"그런데 왜 거절을 해? 종근이, 그놈이 거절한 건가? 도대체 왜? 거금을 주고 모셔 와도 시원치 않을 판에."

이해중은 혀를 찼다.

"네 형, 종근이 놈 좀 오라고 해라. 병원 하나밖에 관리하는 게 없으면서 제대로 하는 게 없어, 이놈은."

"네, 아버지."

이해중 회장의 저택과 이종근의 집은 같은 한남동으로 걸어서 10분밖에 안 걸린다. 전화를 한 지 얼마 되지 않아 이종근이 도착했다.

"저 왔습니다, 아버지. 무슨 일입니까?"

"물어볼 게 있다."

뭔가 불쾌한 아버지의 음성에 이종근은 바짝 긴장했다.

'무슨 일이지? 병원 실적도 나쁘지 않고… 최근 특별히 잘못 한 것도 없는데?'

이종근은 머리를 굴렸으나 짐작되는 바가 없었다. 그런데 이해중 회장의 입에서 생각지도 못한 말이 나왔다.

"세인트 죠셉의 김 교수가 대일병원으로 오고 싶다 했는데 왜 거절했어? 그 정도 되는 스타 교수면 돈을 주고라도 모셔 와야 하는 거 아니냐?"

"……!"

이종근의 얼굴이 하얘졌다.

"왜? 병원에 무슨 사정이 있기에 거절한 거냐?"

"그, 그건……."

이종근은 말을 더듬었다.

대답할 말이 있을 리가 없었다. 그냥 기분 나쁜 놈이어서, 라고 답할 순 없는 노릇 아닌가?

더구나 이해중 회장은 김진현을 생명의 은인으로 극진히 생각했다.

"내가 예전부터 세인트 죠셉의 김 교수를 협력 교수로 초빙하자고 이야기했지? 그건 왜 소식이 없어? 김 교수가 거절한 거야? 아니, 연락을 해보긴 한 거냐?"

이종근의 등에서 식은땀이 흘렀다. 그는 떠듬떠듬 변명했다.

"그, 그건… 병원 자금 사정상… 고액의 연봉을 제시할 수 없어서……."

이해중의 눈썹이 올라갔다.

"돈이 없다고? 그걸 말이라고 해? 대일 홀딩스에서 지원할 테니 얼마를 주더라도 초빙해 오라 했잖아!"

그의 언성이 점차 올라갔다. 이종근은 쩔쩔매며 고개를 숙였다.

"죄, 죄송합니다. 제 불찰입니다."

"지금 당장 돌아가서 세인트 죠셉 쪽에 연락해. 교환교수로 김 교수를 파견해 달라고. 그리고 김 교수가 오면 꼭 협력 교수 계약을 맺어. 어떤 조건을 제시해도 좋으니! 알았느냐!"

이종근은 속으로 인상을 찌푸렸으나 감히 티 내지 못했다.

"아, 알겠습니다."

"가봐."

"네, 네."

이종근이 나가자 이해중은 역성을 냈다.

"에잉, 내 핏줄이지만 왜 저렇게 못났는지. 제대로 하는 게 없어."

이동민도 그 말에 동의했다.

"그러게 말입니다."

참 못난 형이었다.

다음 날 아침, 이사장의 호출을 받은 고영찬은 얼떨떨한 표정을 지었다.

"세인트 죠셉에… 다시 연락을 해 김진현 교수를 파견 보내

달라 부탁하란 말씀이십니까?"

"그래."

고영찬이 조심스러운 어조로 물었다.

"이미 끝난 이야기인데… 세인트 죠셉 측에서 굉장히 불쾌하게 생각할 것입니다."

김진현을 받지 않겠다 했을 때 세인트 죠셉은 굉장히 불쾌한 반응을 보였었다. 그런데 이제 와서 파견 보내달라니?

하지만 이종근은 버럭 화를 내었다.

"자네는 내가 시키면 그냥 시키는 대로 할 것이지 뭘 그렇게 말이 많나?! 오늘 당장 세인트 죠셉 측에 연락해!"

그런데 지나친 흥분 때문일까? 격렬한 두통이 이종근의 머리에 작렬했다.

"크윽!"

"이, 이사장님."

스트레스가 심해져서인지 두통의 시간이 점점 길어졌다. 한참을 괴로워한 뒤에야 두통이 사라졌다.

"아무래도 검사를 받아보시는 게……."

하지만 이종근은 고개를 저었다. 뇌에 종양이 있지 않는 한, 이런 류의 두통은 검사한다고 원인이 나오는 경우는 드물었다.

어차피 스트레스성 편두통일 게 뻔한데 검사 따위는 받으나 마나이다.

'젠장. 아버지는 김진현 왜 그놈한테 수술을 받아가지고.'

이해중과 이동민이 김진현에게 고마워하는 마음이 얼마나 깊은지, 대일병원이라도 선물로 줄 기세였다.

이종근은 말했다.

"하여튼 자네가 책임지고 진행해."

"…네."

대화가 끝난 후 자신의 교수실로 돌아온 외과 과장 고영찬은 한숨을 내쉬었다.

'도대체 김진현은 왜 우리 대일병원에 오려고 하는 거야?'

과거 지은 죄가 있어서 고영찬도 김진현이 불편하긴 마찬가지였다.

이사장 이종근도 김진현을 부르라는 게 본인의 뜻은 아닌 것 같았다.

'하아, 도대체 뭐 하는 짓인지 모르겠군.'

고영찬은 한숨을 내쉬었다.

이사장의 뜻에 따라 매번 김진현을 괴롭히긴 했지만 이게 뭐 하는 짓거리인지 모르겠다. 문득 이종근 밑에서 충성을 바치는 것에 회의가 들었다.

'사실 김진현이 잘못한 것은 하나도 없는데.'

잘못은커녕 그처럼 훌륭한 의사도 찾기 어렵다. 못난 이종근 혼자 찌질하게 못 잡아먹어 안달일 뿐이다.

'뭐라고 다시 대일병원으로 와달라고 요청을 하지?'

단 몇 년 사이에 김진현은 세계적인 유명 인사가 되어 일개 대형병원의 과장인 그와는 비교도 안 되는 위상을 가지게 되었다.

'세인트 죠셉에서 분명 싫어할 텐데.'

고영찬은 인상을 찌푸렸다.

스타 의사가 제 발로 온다고 했는데 거절할 때는 언제고, 다시 와달라고 부탁을 해야 하다니. 세인트 죠셉이 얼마나 역성을 낼지 막막했다.

'젠장, 때려 칠 수도 없고.'

한참을 주저하던 고영찬은 전화를 들었다. 그리고 최대한 조심스럽고 친절한 목소리로 전화를 걸었다.

—뭐라고요? 닥터 김을 다시 대일병원으로 보내달라고요? 지금 대일병원에서 우리에게 장난을 하는 건가요?

"아, 그게… 정말 죄송합니다. 저희 쪽이 착오가 있어서……."

당연히 세인트 죠셉은 잔뜩 짜증을 부렸고 고영찬은 전화기 너머로 굽신굽신 부탁할 수밖에 없었다.

진땀이 떨어지는 굴욕이었다.

한편 그런 진현의 복귀 소식에 알 수 없는 미소를 짓는 이가 있었다.

진현의 오랜 친우, 이상민이었다.

"무슨 생각해요, 상민 씨?"

이연희가 그에게 다가왔다.

"그냥… 반가운 소식을 들어서."

"반가운 소식?"

"응, 오랜 친구가 돌아온다 해서."

"친구요?"

이연희는 고개를 갸웃했다. 이 위험한 매력의 남자는 아무에게도 마음을 열지 않는다. 오랜 연인인 자신에게도.

그런데 친구라고?

'혹시?'

그때 한 명 떠오르는 사람이 있었다. 설마?

그녀의 가슴이 뛰었다.

"친구라면… 혹시?"

"응, 김진현이야."

이상민은 여전히 속을 알 수 없는 표정으로 답했다. 이연희의 눈동자가 파르르 떨렸다.

'진현…….'

그녀는 자신의 마음을 알 수가 없었다. 그에게 차인지 벌써 몇 년의 시간이 지났건만 왜 또 그의 이름에 가슴이 반응하는 걸까?

하지만 그녀는 굳게 고개를 저었다. 이제 진현과 그녀는 상관없는 인연으로, 그녀의 연인은 이상민이었다.

연희는 이상민의 앞에 앉았다. 표정이 딱딱한 게 할 말이 있는 듯했다.

"왜? 무슨 할 말 있어?"

"네."

"뭔데?"

연희는 주저하다 입을 열었다.

"기분 나쁘게 듣지는 말아줘요."

"……?"

이상민이 의아한 표정을 짓자 연희는 한숨을 내쉬며 말했다.

"상민 씨, 병원 가보면 안 돼요?"

"병원? 갑자기 무슨?"

"…다 알고 있어요. 환각증(Hallucination) 앓고 있잖아요."

"……!"

이상민의 미소가 일순 사라졌다. 하지만 그는 곧 다시 그린 듯한 미소를 만들어냈다.

"언제부터 알고 있었어?"

"…오래됐어요."

"그래?"

"네."

"괜찮아. 힘들지 않아."

"거짓말하지 마요."

연희는 그의 손을 잡았다.

"말은 안 하고 있지만 상민 씨도 많이 힘들어하고 있는 것 알아요. 항정신약(Anti−psyochotic drug)을 쓰면 환각증이 좋아질 수도 있어요. 그러니 더 늦기 전에 정신과에 가봐요."

그러나 이상민은 답하지 않고 이렇게 말했다.

"연희야."

"네?"

"우리 결혼할까?"

"……!"

연희는 고개를 돌렸다.

"말 돌리지 마요."

"말 돌리는 것 아닌데."

"나 실제로 좋아하지도 않잖아요. 그런 말은 빈말로 하는 것 아니에요."

말을 하면서 연희는 슬퍼졌다. 진심으로 좋아했던 사내는 다른 여자를 선택했고, 지금 함께하고 있는 연인은 자신을 좋아하지 않는다.

'그런데 난 왜 상민 씨 곁에 있는 걸까? 아니, 상민 씨는 왜 내 곁에 있는 걸까?'

아무것도 모르겠다.

자신의 마음도.

그의 마음도.

한 가지 확실한 것은 그와 자신 모두 어리석고 불쌍한 사람들이란 것이다.

최소 그녀는 그렇게 생각했다.

정말 바보 같은 일이었다.

그렇게 우여곡절 끝에 진현의 한국행이 결정됐다.

그의 한국행에 많은 사람이 기뻐했지만 그중에서도 가장 기뻐한 사람은 부모님이었다.

—그래, 언제 온다고?!

"한 달 정도 있다 봄 되면 갈 것 같아요."

—오면 얼마나 있는 거니?

"1년 정도 쭉 있을 것 같아요."

—아이고! 이게 꿈이야, 생시야!

어머니는 전화기 너머 난리를 폈다. 2년 동안 못 본 아들이 돌아온다니 기뻐할 만했다. 아들이 좋아하는 소고기 요리를 잔뜩 해놓는다는 말에 진현은 진땀을 흘리며 말렸다.

"여기서 고기 많이 먹었어요. 하여튼 금방 갈 테니 그때 봬요."

—그래! 그때까지 몸 건강하고!

그리고 부모님만큼, 아니, 그 이상으로 기뻐한 사람이 있었다.

혜미였다.

—교환교수로 온다고? 정말로?

"응. 이제 곧 갈게. 그때 봐."

—…….

잠시 혜미는 말이 없었다.

"혜미야?"

의아하게 묻는 순간, 진현은 깜짝 놀랐다. 전화기 너머로 훌쩍거리며 우는 소리가 들렸기 때문이다.

진현이 당황해 물었다.

"혜, 혜미야? 혹시 울어? 왜?"

—…좋아서.

울먹거리는 목소리.

—흐윽. 보, 보고 싶었는데… 이제 같이 있을 수 있다는 이야기에 좋아서. 나 바보 같지?

진현은 잔잔히 미소 지었다.

"아니, 바보 같지 않아."

그러면서 말했다.

"이제 돌아가면 나 너랑 떨어지지 않을 거야. 절대로."

진현은 한국으로 돌아갈 준비를 착실히 하였다.

"아, 난 닥터 김이 한국에 안 갔으면 좋겠는데."

병원장 제임스는 연신 투덜거렸다.

"죄송합니다."

"아, 몰라요. 교류 기간 끝나자마자 곧바로 돌아와야 해요. 알았죠?"

제임스는 진현이 도망이라도 갈까 봐 걱정되는지 당부하고 또 당부했다.

"네, 꼭 그렇게 하겠습니다."

그렇게 한참 주변을 정리하는데 데이비드가 찾아왔다.

"곧 한국으로 가나, 닥터 김?"

"아, 데이비드. 네."

데이비드 역시 아쉬운 얼굴이었다. 그와 진현은 어느덧 나이를 넘어 단짝처럼 친해진 상태였다.

"자네의 미라클한 솜씨를 못 본다 생각하니 아쉽군. 가기 전에 와인이나 한잔 마시자고."

진현은 어색한 표정을 지었다. 젠틀한 미남 데이비드는 와인 애호가였지만 토종 한국 입맛인 진현은 와인이 영 입맛에 맞지 않았다.

"늘 마시는 프랑스 와인 말고 한국 술 어떻습니까?"

데이비드가 의아한 표정을 지었다.

"한국 술? 한국에도 맛있는 술이 있나?"

"네, 소주라고… 맛이 끝내줍니다."

"소주? So… ju?"
데이비드는 연신 고개를 갸웃했다.
"그래, 닥터 김이 마시자는데 마셔야지. 기대해 보겠어."
"네, 제가 대접하겠습니다."
그렇게 데이비드는 거한 술자리를 예약하고 사라졌고, 얼마 뒤 핸드폰이 띠링하고 울리며 메시지가 도착했다.

[한국으로 가기 전 만날 수 있나요?]

그런데 발신인이 두 명이었다.
에이미와 피의 매리.
두 명 모두 동시에 진현에게 만남을 신청한 것이다.

주말 늦은 저녁에 진현은 맨해튼 중심가에 위치한 음식점에 도착했다. 미슐랭 3성의 스테이크 집으로 진현이 좋아하는 소고기 요리점이었다.
창백한 피부의 미녀, 에이미가 진현을 맞았다.
"어서 오세요, 미스터 김."
"무슨 일로 만나자 한 것입니까?"
"보고 싶어서 보자고 했죠. 특별한 일 없는데요?"
"……."
이 여자가 지금, 바빠 죽겠는데.
진현의 곱지 않은 눈초리에 에이미가 미소를 지었다.
"따로 할 이야기도 있고요."

"……?"

"일단 식사 먼저 하세요. 샐러드는 또 안 먹나요?"

취향에 안 맞는 애피타이저를 깨작거리니 스테이크가 나왔다. 진현이 좋아하는 큼직한 티본 스테이크였다.

"그렇게 고기만 먹다간 대장암 걸려요."

"10년에 한 번씩 내시경 받으면 괜찮습니다."

"식성을 봤을 때 더 자주 받아야 할 것 같은데요?"

"5년에 한 번 받죠, 뭐."

스테이크를 먹으며 시시껄렁한 이야기를 하였다. 스테이크가 바닥을 드러낼 즈음, 에이미가 나이프를 내려놓았다.

"사실 두 가지 할 이야기가 있어서 보자고 했어요."

"무엇입니까?"

"첫째는……."

에이미는 진현의 눈을 똑바로 바라봤다.

"나 에이미는… 그리고 헤인스는 미스터 김의 편이라고요."

"네?"

난데없는 말에 진현의 눈이 커졌다. 하지만 에이미는 의미 없는 이야기를 하는 것이 아니었다.

"한국에 가는 것, 대일의 누군가와 악연을 풀기 위해서 가는 것 아닌가요?"

"……!"

진현은 주먹을 움켜쥐었다. 에이미는 맥주를 한 모금 마셨다.

"정확한 사정이야 모르지만… 그래도 만약 누군가 괴롭히면 헤인스의 이름을 파세요. 대일 그룹도 최근 대규모로 투자하는 생명공학, 바이오 쪽을 포기할 생각이 아니면 우리 헤인스의 눈치를 안 볼 수는 없으니까요."

그러면서 에이미는 싱긋 웃었다.

"미스터 김이 우리 헤인스에 도와준 게 너무 많아서 이렇게라도 도와주고 싶어서요."

"아닙니다. 신경 쓰지 마십시오. 마음만 받겠습니다."

"그냥 기억만 하고 계세요. 우리 헤인스는 지난 2년간 미스터 김의 도움에 항상 고마워하고 있다는 것을."

진현은 겸연쩍은 마음이 들었다.

그가 헤인스에 특별한 도움을 준 것은 없었다. 그저 금전적, 학문적 성과를 위해 프로젝트를 같이 해결했을 뿐이다.

하지만 맡는 프로젝트마다 대박이 터지니 헤인스는 진현을 미다스의 손처럼 귀하고 고맙게 여겼다.

"다른 이야기는 무엇입니까?"

"두 번째 이야기는 별건 아니고……."

"……?"

에이미는 지나가듯 말했다.

"좋아해요."

마치 '날씨가 좋네?' 라고 말하는 듯한 말투여서 진현은 말뜻을 이해 못했다. 아니, 이해는 했는데 머리에서 받아들이질 못했다.

그러나 그것도 잠시…….

진현의 말을 더듬었다.

"에, 에이미?

"왠지 한국에 다녀오면 이런 이야기를 하는 것 자체가 범죄가 될 것 같아서 미리 이야기하는 거예요. 좋아해요. 진심으로."

진현의 얼굴이 붉어졌다. 물론 에이미가 자신에게 관심이 있다고 자주 이야기하긴 했다. 하지만 늘 짓궂은 장난 같은 이야기였는데, 갑자기 이런 고백이라니?

에이미가 진현을 빤히 바라봤다.

"대답은요?"

진현은 한숨을 내쉬었다.

"죄송합니다. 아시겠지만 저는 미래를 약속한 여자가 있습니다."

에이미는 의외로 쿨하게 반응했다.

"역시 그렇군요. 당연히 예상은 했어요. 그냥 후회가 안 남기 위해 한 고백이니 신경 쓰지 마세요."

"…미안합니다."

"아니에요. 정말로."

그러면서 에이미는 웃었다.

"한국에서 일 잘 해결하고… 혹시 결혼하게 되면 꼭 초대해 주세요."

진현은 고개를 끄덕였다.

"네, 알겠습니다. 꼭 초대하겠습니다."

에이미와 헤어지고 쌀쌀한 거리를 걷는데 빵 하고 경적 소리가 울렸다. 고개를 돌리니 벤틀리가 진현을 바라보고 있었다.

방탄유리가 살짝 열리며 화려한 인상의 미녀, 피의 매리의 얼굴이 모습을 드러냈다.

"타세요. 집으로 바래다 드릴게요."

"괜찮습니다. 걸어도 금방입니다."

"그러지 말고 타세요. 선물 줄 것도 있고."

내키지 않았으나 거절해 봤자 집까지 따라올 게 뻔해 어쩔 수 없이 차문을 열었다.

"여, 잘 지냈나, 닥터 김?"

순애보 마피아 로버트가 반갑게 진현을 맞았다. 매리는 늘 냉랭한데 이 녀석의 짝사랑은 항상 현재진행형이다.

"오랜만입니다, 닥터 김."

운전사도 인사를 건넸다. 진현도 쓴웃음을 지으며 말했다.

"네, 다들 오랜만입니다."

지난 2년간 원채 자주 봐서 이제 사실 어렵고 무섭다기보단 익숙했다. 진현을 태운 벤틀리가 부앙 RPM을 올렸다. 차가 향하는 방향을 보고 매리에게 말했다.

"제 집은 반대 방향입니다."

매리는 중세 귀족영애처럼 고상하게 웃었다.

"이렇게 가도 도착할 수 있어요."

"……."

도착할 수야 있겠지. 지구를 한 바퀴 돌면!

얘네들이 이러는 게 하루 이틀도 아니라 진현은 잠자코 있었다. 적당히 드라이브를 하면 집에 보내줄 것이다.

"그런데 무슨 선물입니까?"

"아… 받으세요."

매리가 고풍스러운 상자를 건넸다.

"이게 뭡니까?"

"열어보세요. 지금."

의아한 마음으로 상자를 열고 안의 내용물을 확인한 진현은 입을 다물었다.

권총이었다. 그것도 무식하게 생긴.

"…이게 뭡니까?"

"한국에 가서 쓰시라고요."

"…총을 말입니까?"

"네, 혼내주고 싶은 사람 있지 않아요? 그걸로 한 방 먹여줘요. 안에 납을 잔뜩 담은 총알이어서 대충 맞혀도 치명상이에요. 닥터 김이 수술해도 못 살릴걸요?"

"……."

진현은 똥 씹은 표정을 지었다.

이 여자가 지금 누굴 감옥에 보내려고!

그의 썩은 얼굴을 보고 매리가 쿡쿡 웃음을 참았다.

"장난이에요. 장난."

"…재미없습니다."

"난 재미있는데. 하여튼 진짜 선물은 따로 있어요."

"이번엔 뭡니까?"

진현은 불퉁하게 물었다.

"받으세요."

이번에 매리가 내민 것은 이태리제 명품 서류 가방이었다.

장인이 한 땀 한 땀 딴 것이 한눈에 봐도 엄청 비싸 보여 진현은 사양했다.

"괜찮습니다. 마음만 받겠습니다."

"아니에요. 받으세요."

"하지만……."

"이거 안 받을 거면 종이라도 받으세요."

어쩔 수 없이 진현은 가방을 건네받았다. 그런데 손으로 가방을 쥐는 순간, 두툼한 느낌이 들어 멈칫했다.

빼곡한 서류 뭉치였다.

"이건?"

"그게 진짜 선물이에요. 지난번에 이야기했던. 나중에 들어가서 확인해 보세요."

그러면서 그녀는 가만히 웃었다.

"그 선물, 분명 만족할 거예요."

* * *

인천국제공항.

커다란 콩코드 여객기가 활주로에 내려앉고 비즈니스 객석 전용 통로의 문이 열렸다.

"좋은 여행되십시오."

단정한 스튜어디스가 승객들에게 일일이 인사를 하였고, 양복을 입은 젊은 남자가 인사를 받았다.

"네, 감사합니다."

젊은 남자, 진현은 활주로 너머의 지평선을 보며 감회 서린 표정을 지었다.

드디어 한국에 돌아왔다.

입국 수속 후 캐리어를 찾고, 게이트를 넘으니 바글바글 보이는 한국인들이 고향에 돌아왔음을 느끼게 해주었다.

'좋구나.'

진현은 자신도 모르게 미소를 지었다. 미국에서 누구보다도 잘나가는 삶을 살고 있지만, 그는 구수한 냄새가 나는 토종 한국인이다. 한국이 그립지 않았다면 거짓말이리라.

'강남 쪽으로 가려면…….'

리무진을 향해 걸음을 옮기는데 생각지도 못한 음성이 들렸다.

"지, 진현아?"

"……!"

고개를 돌린 진현의 눈이 커졌다. 꽃이 피듯 아름다운 얼굴, 혜미였다. 그녀가 커다란 눈에 눈물을 글썽이며 자신을 바라보고 있었다. 이전에 비해 수척해진 얼굴에 안타까운 마음이 들었다.

"아……."

진현은 입을 열지 못했다.

너무나 할 말이 많아서 감정이 요동쳐서 무슨 말을 해야 할지 모르겠다. 그리고 그건 그녀도 마찬가지인지인 듯했다.

한 걸음 한 걸음.

둘의 거리가 말없이 가까워졌다. 서로의 체향이 느껴질 정도로 닿았을 때, 진현이 말했다.

"잘 지냈어?"

"…아니."

"왜?"

"네가 보고 싶어서. 이 바보야."

혜미의 눈에서 결국 한 방울 눈물이 흘러내렸다. 진현의 손이 그녀의 어깨를 감싸 안았다.

"나도… 나도 정말 보고 싶었어."

"몰라. 이 바보야. 흐윽."

그녀가 울먹거렸다. 그녀의 떨림을 느끼며 진현은 힘을 주어 안았다.

"이제 절대로 떨어지지 않을게. 절대로."

진현은 약속했다.

그래, 이제는 떨어지지 않을 것이다.

절대로!

공항에 진현을 마중 나온 것은 혜미뿐이 아니었다.

둘이 재회의 기쁨을 나누는데 우렁찬 헛기침 소리가 들렸다.

"크흠, 젊은 사람들 연애하는데 이 늙은이가 괜히 나온 것 같군."

"……!"

깜짝 놀라 고개를 돌리니 우람한 체구, 반백의 중년 남자가 서 있었다. 간이식 파트의 대가이자 진현의 스승이라 할 수 있는 강민철이었다!

"교수님?! 바쁘실 텐데 어떻게 여기까지?"

진현은 허겁지겁 일어나 고개를 숙였다. 강민철이 호탕하게 웃었다.

"왜? 제자가 왔는데 나와 봐야지."

저 멀리서 캐주얼 차림에 온화한 남자, 유영수 교수가 고개를 흔들며 다가왔다.

"잘 지냈어, 김 선생?"

"아… 유 교수님."

진현은 마음이 감동으로 차올랐다.

강민철과 유영수는 대일병원 외과 내에서도 가장 바쁜 사람들인데 제자가 온다는 이야기에 만사 제쳐두고 공항까지 달려온 것이다. 그 마음을 눈치챘는지 유영수가 싱긋 웃었다.

"김 선생, 자네 온다는 이야기에 강민철 교수님이 얼마나 기뻐했는지 몰라. 오죽했으면 수술이 한 가득 밀려 있는데 다 제쳐두고 여기까지 왔겠어?"

진현은 한마디 말밖에 할 말이 없었다.

"감사… 정말 감사합니다."

강민철이 고개를 저었다.

"감사는 무슨……."

그러면서 그의 손이 진현의 어깨를 덥석 잡았다.

"잘 왔네. 정말로. 자네가 이렇게 돌아와서 정말 기뻐."

짧지만 진심이 담긴 목소리.

진현도 먹먹히 고개를 끄덕였다.

"네, 정말 감사합니다."

3장

대가(大家)

반가운 마음에 강민철이 낮술을 달리려는 것을 간신히 말리고, 공항에서 간단한 식사만 한 그들은 유영수의 차를 타고 서울로 이동했다.

"조만간 꼭 술 한잔 먹자고."

아쉬움 가득한 강민철의 목소리에 진현은 곤란한 웃음을 지었다. 단단히 벼르고 있는 것이 조만간 인사불성으로 취하게 될 것 같다.

유영수도 웃으며 말했다.

"김 선생은 집에 먼저 들를래, 아니면 대일병원에 가서 일을 먼저 볼래?"

"병원에 먼저 가겠습니다."

"그래? 피곤하지 않겠어?"

피곤하기야 하지만 쉬기 전에 할 일이 있었다.
“병원에 들렀다 쉬겠습니다.”
“그래, 그러면 병원으로 갈게. 그런데 첫날부터 뭐 하게?”
“한국에 도착했으니 인사를 드려야지요.”
진현은 짧게 답했다.
부아앙!
속도를 올린 유영수의 차가 올림픽대로를 가른 후 목적지에 도착했다. 이전 삶부터 수없이 많은 인연을 겪었던 곳, 대일병원이었다.

미리 연락을 받은 한 남자가 진현을 맞았다.
“어서 오십시오. 대일병원에 오신 것을 환영합니다, 김 선생님.”
머리가 반쯤 벗겨진 중년 남자로 행정 업무를 총 관리하는 행정실 부장이었다.
“김 교수님이 머물 곳은…….”
부장은 이런저런 편의를 열심히 설명했다. 미국에서도 손꼽히는 스타 교수가 자신의 병원에 교환교수로 온 것에 크게 감명한 눈치였다.
가만히 듣던 진현이 말했다.
“감사합니다. 그런데 한 가지 부탁을 드려도 될까요?”
“무엇입니까?”
“근무를 시작하기 전 이사장님께 인사를 드리고 싶습니다.”
부장은 고개를 끄덕였다.

“아, 네. 당연히 그러셔야죠.”

그러면서 부장은 의아한 마음이 들었다.

원래 스타 의사가 방문하면 의례적으로 이사장이나 그 밑에 급의 인물이 마중하는 것이 일반적인데 별 소식이 없었다. 마치 일부러 외면하는 것처럼.

남자는 전화로 비서실에 김진현의 방문을 알렸다.

“아, 아… 네.”

전화를 끊은 남자는 말했다.

“지금 당장은 어렵고, 1시간 뒤에 방문해 달라 하는군요.”

“알겠습니다.”

진현은 고개를 끄덕였다.

“알겠습니다. 그러면 제가 1시간 뒤에 이사장실로 방문하겠다고 전해주십시오.”

“네, 그렇게 하겠습니다.”

이전의 인연들과 인사를 하고 주변을 걸으며 향수를 풀다 보니 금세 1시간이 지나갔다. 꼭대기 층에 위치한 이사장실에 도착하니 고혹적인 인상의 미녀, 민 비서가 진현을 맞았다.

“어서 오세요, 김 선생님.”

“네, 오랜만입니다.”

진현의 인사를 받는 그녀의 얼굴은 평소와 다르게 딱딱하기 그지없었다.

진현은 속으로 웃었다. 그녀와의 악연도 보통이 아니었다.

“이쪽으로 오세요.”

등을 돌린 그녀를 따라가니 익숙한 얼굴들이 보였다.

이사장 이종근, 외과 과장 고영찬, 그리고 이상민도 있었다.

진현은 미소를 지었다. 다들 그리운 얼굴들이었다. 미국에서 얼마나 보고 싶었던지! 이가 갈릴 정도였다.

돌처럼 굳은 표정으로 자신을 보는 그들에게 진현이 먼저 입을 열었다.

"세인트 죠셉의 김진현이라 합니다. 반갑습니다."

"…대일병원의 이사장 이종근이오. 세인트 죠셉의 명망 높은 김 선생의 방문을 환영하오. 앞으로 1년간 잘 부탁합니다."

그러면서 서로 악수를 나눴다.

"여기는 우리 대일병원 외과의 과장 고영찬 교수라고 합니다. 업무나 일정은 고 교수와 상의하면 됩니다."

"네, 반갑습니다. 고영찬 교수님, 오랜만이지요?"

진현은 고영찬에게 웃으며 인사를 건넸다. 고영찬은 불편한 얼굴로 고개를 끄덕였다. 진현과 고영찬은 이렇게 웃으며 인사할 사이가 절대 아니었다.

"네, 대일병원에 온 것을 환영합니다."

이번에 진현은 이상민을 바라봤다. 진현의 눈빛이 차갑게 가라앉았다.

"이상민 선생도 오랜만이군요. 잘 지냈습니까?"

이상민은 답하지 않았다. 그저 마주 미소를 지을 뿐이었다.

부드러운 미소가 오갔지만 더없이 냉랭한 분위기가 장내에 가라앉았다. 다들 아무 말도 하지 않자 진현은 어깨를 으쓱했다.

"모두 바쁘신 것 같으니 이만 물러가겠습니다. 정식 출근은 내일부터니 내일 고영찬 교수님을 다시 찾아뵈면 될까요?"

이종근은 고개를 끄덕였다. 일 초라도 빨리 사라져 줬으면 좋겠다.

"그렇게 하면 될 듯합니다. 먼 길 오시느라 피곤하셨을 텐데 푹 쉬시고 앞으로 수고해 주십시오. 명망 높은 김 교수님에게 기대가 많습니다."

마음에도 없는 말을 들으며 진현은 고개를 끄덕였다.

"감사합니다. 아, 그리고 참."

"왜 그러십니까, 김 교수님?"

이종근이 의아한 표정을 짓자 낮은 목소리로 말했다.

"따로 드릴 말씀이 있으니 조만간 다시 찾아뵙도록 하겠습니다, 이사장님."

"……!"

이종근은 와락 인상을 찌푸렸다. 그러거나 말거나 진현은 이상민에게 고개를 돌렸다.

"이상민 선생도 다음에 봅시다. '이전처럼' 잘 부탁합니다."

이전처럼, 그 묘한 말에 이상민의 미소가 짙어졌다.

"네, 저도 잘 부탁합니다, 김진현 선생님."

진현이 나간 후 이종근은 짜증을 내었다.

"다시 찾아오긴 뭘 다시 찾아와."

사실 김진현이 대일병원에서 교환교수로 근무하든 말든 자신과는 아무런 상관도 없었다. 1년 동안 일하고 세인트 죠셉으로 돌아갈 사람이니까.

하지만 이상하게 기분이 나빴다. 마치 고양이가 개를 만난 듯 불쾌하고 짜증 났고, 불안한 마음이 들었다.

"큭!"

그 순간 이종근은 머리를 감쌌다. 스트레스 때문인지 다시 두통이 발작한 것이다.

"이, 이사장님."

이번엔 꽤 통증이 심했다. 이종근의 손이 벌벌 떨렸고, 식은 땀이 등을 적셨다.

'검사를 받아봐야 할 것 같은데…….'

고영찬은 그리 생각했으나 이종근의 기분이 워낙 나빠 보여 말을 꺼내지 못했다. 한참을 지나서야 두통이 가라앉은 이종근이 주먹을 움켜쥐었다.

'빌어먹을.'

*　　*　　*

교환교수로 왔지만 특별한 업무가 떨어지진 않았다.

업무를 조율하는 고영찬이 그를 불편해해서가 아니라 애초에 교환교수라는 직위 자체가 학문적 교류에 의의가 있는 것이지, 업무를 부려먹으려는 것이 아니어서 그렇다.

그래서 처음 며칠간 진현은 편안한 시간들을 보냈다.

가족들과 회포를 풀고, 강민철과 술을 먹고, 그를 아끼던 사람들과 재회를 하고, 그리고 혜미와 못다 한 데이트를 하고, 친구들과도 만남을 가졌다.

"범생이의 귀국을 축하하며!"

고등학교 때 일진이었지만 지금은 형사가 된 김철우가 큰 소리로 건배를 외쳤다. 그는 친구의 귀국이 기쁜지 단숨에 소주를 들이켰다.

"크… 이렇게 돌아와서 정말 기쁘다. 정말로! 네가 그렇게 미국으로 갔을 때 얼마나 속상했는지. 어쨌든 성공해서 돌아온 거지?"

의료계의 문외한인 그는 진현이 어떤 위치로 돌아온 것인지 감이 잡히질 않았다. 뭐라 설명하기 곤란해 진현은 고개만 끄덕였다.

"뭐, 그냥."

"그래, 난 네가 어딜 가도 성공할 줄 알았어. 아, 황문진 그놈도 같이 마셨으면 좋았을 텐데."

"지금 훈련소에 있지?"

"엉. 죽겠다고 연락 왔다. 자식이, 장교로 간 주제에 뭐가 힘들다고."

올해 전문의 자격을 딴 황문진은 군의관 복무를 위해 훈련소에 간 상태다. 참고로 같이 전문의를 딴 이상민은 무슨 이유에서인지 면제를 받았다.

"아버지께서는 건강하시고?"

"엉. 누가 수술했는데. 멀쩡하시다."

화기애애하게 술잔이 돌았다. 과거를 생각하면 김철우와도 참 묘한 인연이었다.

그렇게 얼마나 마셨을까? 둘 다 얼굴이 빨개졌을 때 진현이 입을 열었다.

"철우야."

"응?"

"너 내 친구지?"

"자식이, 그런 걸 왜 묻냐?"

김철우는 진현을 타박했다.

"취한 김에 이야기하는데 넌 내 마음속 가장 소중한 친구다, 임마."

그 말은 한 치의 거짓도 없는 사실이었다. 가장 친하다 생각했던 이상민과는 이미 절교했고, 진현은 깊은 우정에 더해 아버지의 은인이었으니까.

"그래, 그러면… 나중에 부탁 하나만 해도 될까?"

그 나직한 목소리에 김철우는 술기운이 달아났다.

김진현, 이놈은 실없는 말을 할 놈이 아닌데?

"왜 그래? 무슨 일 있냐?"

"……."

김철우는 소주를 쭈욱 들이켜고 말했다.

"무슨 일인지는 모르겠지만, 네 부탁인데. 걱정 마라. 내 목을 걸고라도 네 부탁은 들어주마."

진현은 미소를 지었다.

"고맙다."

그 꿀 같은 휴식은 금세 끝이 났다.

어디서 소문이 난 것인지, 진현에게 환자가 모여들기 시작한 것이다.

"대일병원에 세인트 죠셉에서 온 김진현 교수란 분이 계시다던데……."

주로 다른 병원에서 곤란을 표한 난치성의, 그러면서도 희망의 끈을 놓지 않고 미국의 유명 병원을 알아볼 정도로 간절한 환자들이 진현에게 몰려들었다.

"꼭 살려주세요, 선생님. 제발 부탁합니다."

"쉽진 않겠지만… 일단 최선을 다해보겠습니다."

자신의 손을 잡는 환자들에게 진현은 묵묵히 고개를 끄덕였다. 물론 진현이라고 그들 모두를 치료할 수 있는 것은 아니다.

현대 의학엔 분명한 한계가 있고, 진현은 신이 아니었으니까. 그래도 진현은 자신을 찾아오는 이들에게 항상 최선을 다했다.

완치를 위해서도, 그리고 딱하고 슬픈 일이지만 아름다운 죽음을 위해서도.

뛰어난 실력, 그리고 마음을 다한 치료에 그를 찾은 환자들은 모두 만족했다.

〈미국 최고의 병원 중 한 곳인 세인트 죠셉의 김진현 교수, 대일병원의 교환교수로 재직 중.〉

이런 내용의 글이 인터넷 환우회를 중심으로 퍼져 나갔고, 진현은 계속해서 몰려드는 환자들 때문에 정신없는 나날을 보냈다. 일복은 그것이 끝이 아니었다.

"저… 선생님."

한 앳된 인상의 외과의사가 그에게 조심히 말을 걸었다.

"무슨 일입니까?"

"아, 저는 외과 전공의 2년 차 대표 김은성이라 합니다. 다름이 아니라……."

김은성은 머리를 긁적이며 머뭇거렸다. 그 어려워하는 모습에 진현은 미소를 지었다. 2년 차 대표면 나름 자신의 의국 후배로 애틋한 마음이 들었다.

"편하게 말해도 됩니다."

"네! 사실 다름이 아니라… 바쁘신데 정말 죄송하지만, 강연을 해주시면 안 될까요?"

"강연이요?"

뜻밖의 부탁이었다.

"네, 사실 김진현 교수님이 미국에서 쓰신 논문들을 보고 감명받은 레지던트가 많아서… 꼭 강연을 듣고 싶다고 의견을 모아 이렇게 부탁하는 것입니다."

"아, 네……."

진현은 고개를 끄덕였다. 의외의 부탁이긴 하지만 못 들어줄 부탁은 아니었다. 애초에 의대 교수란 직책엔 아랫사람을 가르치는 의무도 포함돼 있으니까.

"알겠습니다. 제가 일정을 본 후, 다시 연락을 드리겠습니다."

"네, 감사합니다!"

대표 김은성은 활짝 웃으며 고개를 끄덕였다. 세계적으로 인정받는 진현이 강연한다는 것에 크게 기대하는 듯했다.

그런데 그 사실을 알게 된 강민철이 의외의 말을 하였다.

“강연한다고, 김 선생?”

“네.”

“잘됐네. 나도 가서 듣지.”

“네?”

진현은 황당이 되물었다.

레지던트 대상 강연에 국내 최고 대가인 강민철이 온다고?

하지만 강민철은 태연히 말했다.

“왜? 나도 자네 논문에 이전부터 궁금한 게 많았거든. 감탄도 많이 하고. 도대체 2년 동안 어떻게 그런 논문들을 찍어낸 거야? 김 선생, 자네 아이큐는 도대체 몇인가?”

유영수도 덩달아 말했다.

“나도 자네 논문들 감명 깊게 봤는데. 나도 가도 되지?”

교수실 근처에서 지나다니던 외과 교수들도 말했다.

“김 교수가 강연을 한다고? 나도 가지.”

“시간이 언젠가? 장소는?”

진현은 당황한 표정을 지었다.

뭔가 이게 아닌데?

강민철은 아예 묘수를 냈다.

“이러지 말고, 심포지움(Symposium)을 열지.”

“심포지움요?”

“그래, 그렇지 않아도 내가 회장으로 있는 간이식 학회에서 김 선생 강연 안 하냐고 자꾸 연락이 왔거든. 기회가 되면 초빙해서 강연 듣고 싶다고. 그냥 그러지 말고 아예 대일병원 컨벤션 센터를 빌려서 심포지엄을 열지?"

유영수도 신 나서 말했다.

"간이식 학회에는 제가 공지하겠습니다. 이거 몰려올 사람들 숫자를 생각하면 병원 내 컨벤션 센터가 좁을지도 모르겠는데요?"

"간이의자로 때워야지, 뭐. 늦게 온 사람은 서서 들으라고 하고."

"차라리 힐튼이나 하얏트 호텔의 컨벤션 센터를 빌릴까요? 거기 넓고 깨끗하고 좋던데."

"그것도 좋지. 비싸진 않나?"

"대충 스폰서 받고, 참가비 10만 원씩 걷으면 됩니다. 더 걷어도 다들 들으러 올걸요?"

강민철은 기꺼이 고개를 끄덕였다.

"그래, 좋은 생각이야. 그렇게 진행해 봐."

"대표 좌장(Chairmain)은 누구에게 부탁할까요?"

"부탁하긴 누구한테 부탁해? 당연히 내가 해야지."

말 한마디를 주고받을 때마다 스케일이 기하급수적으로 커져 나갔다.

진현은 살짝 당황해 그들을 제지했다.

"저… 저는 그냥 레지던트 강연을 하려 한 건데……."

"그 좋은 강연을 왜 레지던트만 듣나?! 가만히 있어봐. 우리가 알아서 진행할 테니."

"……."

그렇게 진현을 주인공으로 한 심포지엄이 결정됐다.

〈세인트 죠셉의 천재 김진현 교수의 심포지엄!〉

이런 공지문이 간이식 학회, 간 학회, 대한 외과 학회에 전달되었고 전국의 의과대학 및 병원에서 문의 전화가 쇄도했다.

“김진현 교수면 란셋의 그 논문을 쓴 그 사람 맞습니까?”

“날짜는 정확히 언제입니까?”

“여기가 경남이라서 늦을 것 같은데 몇 시에 시작이죠?”

지난 2년간 미국 의학계를 뒤흔들었던 진현의 논문들은 한국 의학계에서도 초유의 관심사였다.

대한민국 외과 의학계와 관련 있는 수많은 의사가 진현의 강의를 듣기 위해 심포지엄 참가 신청을 하였고, 참석 희망자가 너무 많아 힐튼의 컨벤션 센터의 좌석이 모자랄 지경이었다.

심포지움을 준비하는 이식 학회 직원들은 혀를 내둘렀다.

“우리 학회 창립 이래 이렇게 참석자가 많은 심포지엄이 있었나? 이건 뭐, 대한외과학회 총회와 비슷한 규모잖아.”

“강연하는 사람이 워낙 유명한 사람이잖아.”

“그 뉴욕 세인트 죠셉의 김진현 교수?”

“응, 미국 내의 학회에서도 김진현 교수를 초빙하려고 난리라던데?”

“이거 참 준비를 잘해야겠군.”

강연자가 워낙 유명한 인물이다 보니 한 치의 실수도 용납할 수 없었다. 그런 유명 인물이 강연하는데, 미진한 점이 있으면 학회 전체의 망신이었다.

간이식 학회 직원들은 온 정성과 힘을 다해 심포지엄을 준비해 갔다.

* * *

그렇게 진현이 드넓은 창공으로 끝없이 날아오를 때, 인상을 찌푸리고 있는 자들이 있었다.

이사장 이종근 일당들이었다.

"힐튼 호텔을 빌려 심포지엄을 연다고?"

"네."

"지방에서 올라올 사람들 때문에 호텔 방 예약도 끝났고?"

"…네."

고영찬은 잘못한 것도 없으면서 이종근의 눈치를 보았다.

진현이 가볍게 생각한 레지던트 강연은 그 스케일이 하늘 끝까지 커져 이젠 어마어마한 학회 총회 수준이 되어버렸다.

"고 교수, 자네도 심포지엄에 참석할 건가?"

"……."

고영찬은 답하지 못했다.

사실 그도 진작에 사전등록을 마친 상태였다. 악연과는 별개로 진현의 기함할 논문들에 대한 강연을 듣고 싶었던 것이다.

이종근의 수족인 것을 떠나 고영찬도 의사이며 의과대학의 의학자였으니까.

이종근은 인상을 찌푸렸다.

물론 그놈이 잘나가든 말든 자신과는 상관없는 일이다. 하지만 마음에 안 들었다. 그저 불쾌함을 떠나 뭔가 기분이 불안했다.

그런데 문득 한 가지 계책이 떠올랐다.

"자네도 심포지엄에 간다고?"

"네."

"잘됐군."

"…예?"

"이번 심포지움 내용 중에 '간 우엽 절제를 통한 간이식 진행 중 Roux—en Y 루프 및 Stent' 사용에 대한 강연도 있지 않나?"

"네, 그렇습니다."

"미국에서 많은 공격을 받고 있는 내용이라던데."

"그렇긴 합니다."

이종근이 말한 주제는 진현이 지난번 발표한 연구로 기존 학설과 정면으로 반대되는 내용의 주장이어서 많은 논란에 휩싸이고 있었다.

"기존 학설과의 논란의 여지를 떠나 내 생각에는 말도 안 되는 주장 같은데. 자네 생각은 어떤가?"

그렇진 않았다.

그 주제에 대한 진현의 논문은 향후 3년 뒤 5,000명 이상을 대상으로 한 다기관 대규모 선행 연구로 진실이 밝혀지는, 시대를 앞선 주장이었으니까.

진실을 기반으로 했기에 이론적 근거도 탄탄했다. 하지만 고영찬은 이종근의 비위를 맞추기 위해 떨떠름히 답했다.

"네, 제 생각에도 무리수가 많은 주장이라 생각합니다. 기존 학설과도 상충되고요."

"그렇지?"

"네."

이종근이 은밀히 말했다.

"그러면 자네가 심포지엄에 가서 그 문제를 거론해 보게."

"네?"

"기존 학설과도 완전히 반대되는 내용이잖아. 자네가 그 문제를 지적해서 망신을 줘보게."

고영찬은 황망한 표정을 지었다.

지금 누가 누구한테 망신을 주라고?

"그, 그건… 제가 학회에서는 큰 발언권이……."

"왜? 자네는 이래 봬도 국내 최고 대일병원의 외과 과장이잖아. 그 건방진 놈에게 톡톡히 망신을 주라고."

그가 과장이 된 것은 오로지 이종근의 충견이었기 때문이다. 이런 말하기 그렇지만… 학계에서 명성의 관점으로 세인트 죠셉의 김진현과 그를 비교하면 태양과 반딧불 정도의 차이가 났다.

'내가 어떻게 김진현을 망신 줘! 아무리 진료에 손 놓은 지 오래돼서 감이 떨어진다 해도 이건 너무 무리한 명령이잖아!'

강민철 정도 되는 간이식의 대가면 김진현의 주장에 면박을 주는 언급을 할 수 있다. 물론 상대의 주장에 김진현도 순순히 당하진 않겠지만.

하지만 고영찬이 괜히 어설프게 면박을 줬다간? 반대로 톡톡히 망신만 당하고 말 것이다. 물론 김진현의 주장이 턱도 없는 내용이었으면 얼마든지 망신을 줄 수 있겠지만, 애초에 그런 내용이었으면 최고 권위의 외과 학회지인 'Surgery' 에 기재되었을 리가 없다.

고영찬은 거절도 못하고, 교수실로 돌아와 머리를 감싸 쥐었다.

'미치겠군.'

고영찬은 이러지도 저러지도 못하고 고민했다. 스트레스에 머리가 빠질 지경이었다.

그리고 심포지엄 당일.

"……."

고영찬은 컨벤션 센터를 가득 채운 인원에 입을 벌렸다.

'이게 무슨…….'

자리가 모자라 호텔의 진행 요원들이 간이의자를 나르고 난리도 아니었다. 메인 진행자를 자원한 유영수가 단정한 양복을 입은 채 마이크를 들었다.

"아아, 모두 자리에 앉아주시기 바랍니다. 이 자리에 참석해 주신 선생님들께 감사를 드립니다. 먼저 이 심포지엄의 좌장(Chairman)이신 강민철 교수님을 소개하겠습니다."

강연장 우측에 테이블에 앉아 있던 강민철이 몸을 일으켰다. 몸이 워낙 커 검은 양복이 작은 듯한 느낌이다.

"간이식 학회의 강민철입니다."

짝짝짝!

이 자리에 참석한 모두가 강민철을 알고 있었다. 대한민국의 간이식을 위해 한평생을 바친 그에게 모두들 존경의 박수를 보냈다.

유영수가 주인공을 소개했다.

"다음은 이 심포지엄의 강연자를 소개하겠습니다. 세인트 죠셉의 김진현 교수입니다."

그 소개와 함께 중간 정도의 키, 젊다 못해 어려 보이는 남자가 고개를 숙였다.

"세인트 죠셉의 김진현이라고 합니다."

짧은 인사말과 함께 우레와 같은 박수가 터져 나왔다. 모두들 외과 학회를 뒤흔드는 젊은 천재의 강연을 기대하고 있었다.

"그러면 심포지엄을 시작하겠습니다. 첫 번째 주제는……."

각 대학의 교수들, 학회의 대가들… 너 나 할 것 없이 진현의 얼굴만 바라봤다. 압도당할 만한 분위기였지만 진현은 일말의 흔들림도 없었다.

지난 2년간 이런 자리는 수도 없이 많이 겪었기 때문이다.

"간이식 후 합병증에 대한 메타 분석 결과……."

차분한 음성이 컨벤션 센터를 울렸다.

쓸데없는 군더더기란 전혀 없는 고도로 정제된 발표가 장내의 모두를 압도했다. 그리고 여러 개의 주제를 연달아 발표 후 질문 시간이 되었다.

여러 사람이 한꺼번에 손을 들었다.

"백제 의과대학의 강석형입니다. 방금 발표한 내용 중 질문이 있습니다."

간 절제술에 한하여 전라남도 쪽 최고의 명의라 꼽히는 강석

형이 먼저 질문을 하였다. 그 뒤에도 수많은 질문이 쏟아졌다. 질문자들 모두가 학회의 내로라하는 인물들이다.

논문의 핵을 찌르는 날카로운 지적도 많았으나 지난 2년간 수많은 학회를 다니며 미국의 대가들과 논쟁과 토론을 거듭한 진현이다.

일체의 당황 없이 차분히 답변을 했다.

"그 내용에 대해서는 좀 더 추가적인 연구가 필요해, 현재 세인트 죠셉과 엠디엠더슨, 홉킨스가 연계해 다기관 선행 연구(Multicenter prospective study)를 진행 중입니다. 파일럿 스터디(Pilot study) 결과, 현재 예상과 큰 차이는 없을 것이라 보고 있습니다."

한편 그의 발표를 보며 고영찬은 한 단어를 떠올렸다.

대가(大家).

그래, 대가였다.

자신 같은 이와는 다른 의학의 대가.

바로 강민철 같은.

이 자리에 모인 그 누구도 진현이 어리다 무시하는 이가 없었다. 오로지 감탄의 눈빛으로 쳐다볼 뿐.

순간 고영찬은 까닭 없이 부끄러운 마음이 들었다. 이곳은 자신 같은 이가 나설 수 있는 자리가 아니었다.

'나도 한때 저런 것을 꿈꿨는데…….'

처음 교수의 꿈을 꿀 때만 해도 환자를 위하는 마음과 의학을

추구하는 마음이 깊었었다. 하지만 시간이 흐르면서 세파에 찌들고 스스로의 무력함을 깨달으며 권력만 탐하는 인물로 변해갔다.

병원 내 권력을 위해 추잡한 일을 얼마나 많이 했던가?

그까짓 권력이 뭐라고.

아무런 의미도 없는 것을.

'김진현…….'

어린 나이임에도 저 높은 곳에서 빛을 발하는 그를 보니 씁쓸한 마음이 들었다.

고영찬은 시선을 돌렸다.

가슴이 쓰렸다.

이유 없이.

*　　*　　*

심포지엄은 성황리에 끝났다.

한국 외과 학회의 모두의 머리에 '김진현' 이란 이름 석 자가 명확히 박혔다. 대일병원 내에서의 위상도 한없이 올라갔다.

"김 교수, 심포지엄 잘 들었네. 훌륭했어."

"그래, 다음엔 우리 병원 안에서도 따로 한 번 더 부탁하네."

미국의 의학계를 뒤흔드는 천재?

지금까지는 그저 막연하게만 느껴졌다면 이제는 확고한 대가로 모두의 가슴에 인정받게 된 것이다. 그리고 그 위상을 다시 한 번 높이는 사건이 일어났다.

이사장 직속의 창조기획실에 한 통의 전화가 왔다. 민 비서가 다소곳이 전화를 받았다.

"네, 창조기획실의 민소영실장입니다."

―백중현입니다.

짧은 소개.

그러나 민 비서는 빳빳이 굳어 자리에서 일어났다.

백중현은 대일 그룹 회장실의 비서실장이다!

"백 실장님? 병원에는 무슨 일로……."

―아 … 회장님 진료 때문에 전화드렸습니다.

회장이면 대일 그룹의 총회장 이해중을 뜻한다. 건강 문제로 경영권은 막내아들 이동민에게 대부분 할양된 상태지만 막대한 입김은 여전했다.

"네, 실장님. 회장님 진료는 14일 목요일로 잡혀 있는데, 변경하도록 할까요?"

―시간은 괜찮은데, 의료진을 변경했으면 합니다.

"의료진이요?"

―네, 지금 교수님도 훌륭하시지만 회장님께서 세인트 죠셉에서 온 김진현 교수님의 진료를 받고 싶어 하셔서요. 김진현 교수님의 진료로 변경해 주십시오.

"……!"

대일 그룹, 아니, 대한민국 최고의 경제 권력자 이해중 회장의 주치의가 김진현으로 변경되는 순간이다.

4장

몰락

주위의 시선 때문에 이해중 회장의 진료는 은밀하게 이루어졌다. 이해중 회장은 통행이 통제된 검사실에서 최고 수준의 검사를 받고, 최고층에 위치한 VIP 병실로 이동했다.

남들의 시선을 피한 움직임이었지만, 원체 중대 사안이라 병원 내 주요 의료진들은 이해중 회장의 방문을 알고 있었다.

그들은 이해중 회장의 지정 주치의가 세인트 죠셉의 김진현으로 바뀌었다는 것을 인식했다.

"이거 이러다 김진현 선생이 간 센터의 센터장이 되는 것 아니야?"

"회장님의 주치의인데 센터장이 문제인가? 앞으로 잘 보여야겠어."

권력에 예민한 각 과의 핵심 교수들이 눈을 낮게 빛냈다.

국내 최고라 불리지만 대일병원은 이해중 회장의 개인 소유나 다름없었다. 과거의 사례를 보면 이해중 회장은 절대 은혜를 잊지 않아, 크든 작든 자신의 병을 치료해 준 의사에게 큰 사례를 했었다.

10년 전, 자신의 폐렴을 치료해 준 호흡기 내과 교수에게 부원장 자리를 주었던 것이 대표적 사례였다. 당시 1주일간 입원했을 때 담당 교수는 물론, 수발을 들은 간호사, PCD 소독 담당 레지던트, X ray를 촬영한 방사선사 모두 수천만 원 상당의 사례를 받았었다.

간단한 폐렴조차 그랬는데 불가능하다 일컬어진 간이식 수술을 성공해 목숨을 살려준 김진현이다. 병원 자체를 송두리째 선물한다 해도 이상치 않았다.

"이거 이러다 병원장 자리가 바뀌는 것 아니야?"

"우리 병원에 병원장 자리가 의미가 있나? 어차피 이종근 이사장이 다 해먹는데."

대일병원에도 당연히 병원장이 있다.

재활의학과 교수인 김영후 병원장.

하지만 이종근의 꼭두각시로 자리에 앉아 있을 뿐, 아무런 영향력도 행사하지 못했다.

그때 한 교수가 의미심장하게 고개를 저었다.

"자네들은 그거 모르나? 요새 대일 그룹 내에서 이종근 이사장에 대한 안 좋은 소문이 많아. 대일 그룹의 경영권을 승계 받은 이동민 사장이 이종근 이사장에게 이를 갈고 있다던데?"

"그러고 보니 나도 그 이야기 듣긴 했어. 우리 병원을 금전적으로 지원하는 대일 홀딩스의 분위기도 심상치 않다던데."

한 교수가 웃으며 말했다.

"이거 진짜 김진현 선생에게 잘 보여야 하는 것 아니야?"

지나가듯 한 목소리였지만 그 의미는 가볍지 않았다.

물론 김진현은 세인트 죠셉 소속의 의사이고, 대일병원에는 교환교수로 온 것이니 시간이 지나면 미국에 돌아갈 것이다.

하지만 미래는 어떻게 될지 모른다.

권력에 예민한 교수들은 김진현이란 이름을 머리 깊숙이 새겼다.

*　　*　　*

대일병원 꼭대기 층에는 오로지 대일 그룹 일가족을 위한 병실이 놓여 있었다.

병동 하나의 크기만 한 그 병실은 최고급 인테리어로 장식되어 있는데, 병실이라기보단 동남아 호화 리조트의 스위트룸 같았다.

그 병실에서 이해중이 입을 열었다.

"오랜만입니다, 김 선생님."

"네, 안녕하셨습니까?"

김진현은 공손히 고개를 숙였다.

대일병원의 주인이라서가 아니다. 어차피 세인트 죠셉 소속의 진현은 이해중에게 잘 보일 이유가 없었으니.

이건 연인 혜미의 친할아버지에게 보이는 예의였다.

'이종근이야… 이미 연을 끊은 가족이니.'

어린 시절 혜미를 포함한 자식들을 어떻게 학대했는지 알고 있는 진현은 그를 혜미의 아버지 취급해 줄 생각이 없었다.

그뿐 아니라 수없는 죄악들. 그는 존중받을 자격을 가지고 있지 않았다.

"덕분에 잘 지냈습니다. 수술을 워낙 잘 받아서요. 선생님께 받은 새 생명, 정말 감사합니다."

진현은 머쓱한 표정을 지었다. 하지만 이해중 회장의 감사는 전혀 과장이 아니었다.

진현이 아니었다면 그는 당시의 고비를 절대 넘기지 못했을 것이다.

이해중이 그렇게 죽었다면 대일 그룹은 욕심 많은 자식들 손에 갈가리 찢어졌을 게 분명했다. 즉, 진현은 이해중 회장 개인의 은인인 뿐만 아니라 대일 그룹 전체의 은인이나 마찬가지였다.

진현은 검사 결과를 보며 설명을 시작했다.

"오늘 검사 결과는 전부 좋습니다. 간수치도 정상이고, CT상 이상 소견도 없습니다."

"다행이군요."

"단 면역억제제인 MMF(Mycophenolate mofetil)의 수치가 미세하게 낮아, 용량을 조절하는 것이 좋겠습니다. 약을 먹는 데 불편함은 없으신지요?"

"네, 괜찮습니다."

"면역억제제를 복용하면 감염이 문제가 될 수 있으니, 중간에 고열이 나거나 하면 곧바로 병원에 연락을 주십시오."

그 뒤 진현은 차분한 어조로 진료를 이어갔다. 그런데 가만히 그의 설명을 듣던 이해중이 입을 열었다.

"감사합니다, 선생님. 그런데 질문을 하나 해도 되겠습니까?"

"네, 말씀하십시오."

이해중은 살짝 미소를 지었다.

"이전에 저에게 세인트 죠셉 병원에서 했던 말 기억합니까?"

"……?"

"한국에 돌아오면 제게 한 가지 부탁을 할 것이라 했지요. 그 부탁이 무엇입니까?"

그 물음에 진현은 입을 다물었다. 이해중은 원망 서린 표정을 지었다.

"김 선생님은 늙은이들이 얼마나 궁금증이 많은지 모르는 모양입니다. 한국에 돌아와서 계속 궁금했습니다. 도대체 나중에 무슨 부탁을 하려고 그러나. 내가 아끼는 손녀딸이라도 달라는 것은 아니겠지? 그리고 김 선생이 한국에 돌아왔다는 말을 듣고, 드디어 궁금증을 푸나 했는데… 계속 아무런 말씀도 없고. 궁금해 죽겠습니다. 말씀해 주십시오."

그러면서 이해중은 '이제 좀 말해봐라' 란 표정으로 진현을 바라봤다. 옆에 서 있던 막내아들 이동민도 물었다.

"그래요. 저도 궁금합니다. 어떤 부탁이든 들어드리겠습니다. 말해주십시오."

이해중, 이동민, 그리고 백중현 비서실장 모두 진현의 입만 바라봤다.

진현의 입이 천천히 열렸다. 하지만 그들이 원하는 답변은 아니었다.

"혹시 조만간 회장님의 댁으로 찾아 봬도 되겠습니까?"

그들은 의아한 표정을 지었다.

"그야 당연히 되지요. 김 선생님이라면 언제든 환영입니다."

진현이 나직이 말했다.

"그러면 그때 찾아 봬서 말씀드리겠습니다."

그들은 도대체 무슨 부탁일지 궁금하단 얼굴을 했으나 진현은 더 이상의 말은 하지 않았다.

*　　　*　　　*

이상민은 무심한 얼굴로 컴퓨터 모니터를 응시하고 있었다. 그가 접속한 사이트는 세계적 대가들이 모여 만든 의학 데이터베이스였는데, 빽빽한 영어가 적혀 있었다.

Schizophrenia is a psychiatric disorder involving chronic or recurrent psychosis…….

정신분열병(Schizophrenia).

이제는 조현병이라 이름이 바뀐 이 질환은 망상, 환각을 보며 와해된 언어나 행동, 정서적 둔마, 무논리증, 무욕증 등이 나타나는 질환으로…….

가만히 읽어보던 이상민은 피식 웃었다.

그의 어머니는 십 년이 넘는 세월을 정신분열병을 앓다 사망했다. 어릴 적 환각에 비명을 지르던 그녀의 모습이 생각났다.

'재미없군.'

고개를 드니 흐릿한 영상이 지나갔다.

환각(Hallucination).

마치 악몽을 꾸듯 섬뜩한 환각.

이전에는 그의 손에 죽은 사람들만이 보였으나 이제는 달랐다.

수없이 많은 사람이 피를 흘리며 그를 저주했다. 전형적인 정신증(Psychosis)으로 점점 증상이 악화되고 있었다.

'DSM-IV로 분류하면 어디에 들어갈까?'

여상이 생각했다.

싸이코시스(Psychosis)는 확실히 싸이코시스인데… 글쎄? 어디에 들어갈까?

일단 아직까지는 정신분열병은 아닌 듯했다. 현실지각능력과 와해된 행동이 나타나지 않았으니까. 물론 후에 더 증상이 악화되면 어떻게 될지는 모르지만.

'재미없군.'

그래, 재미없었다.

그때 누군가 이상민을 불렀다.

"선생님, 오기수 교수님 PPPD 수술 시작할 시간이에요."

"네, 알겠습니다. 곧 가겠습니다."

그가 퍼스트 어시스트를 서기로 한 수술이었다.

이상민은 자리에서 일어났다.

고요와 긴장이 감도는 회색 빛 수술장.

고난도의 췌장암 수술, PPPD를 집도하는 대일병원의 오기수 교수는 인상을 찌푸렸다.

퍼스트 어시스트인 이상민이 영 수술을 못 따라오고 있었던 것이다.

"이상민 선생?"

"……."

"이상민 선생?! 뭐하나?"

짧은 외침 뒤에야 느릿하게 움직이는 손놀림.

"이상민 선생, 어디 몸이 안 좋은가?"

"아닙니다."

수술 마스크 뒤 삐쩍 마른 이상민의 얼굴을 보며 오기수는 고개를 갸웃했다. 이상민은 대일병원 교수들 사이에서 유명인이었다.

이사장 이종근의 아들이자 대일병원을 물려받을 후계로 꼽히는 인물이었기 때문이다.

"오늘 좀 이상한데? 어디 안 좋은 것 아니야?"

"괜찮습니다."

이상민은 괴물 김진현에게 비교되었을 뿐이지 굉장히 훌륭한 능력을 가지고 있었다. 명석한 상황 판단 능력, 재능이 넘치는 손 솜씨, 재빠른 위기 대응 능력.

임상의로서 항상 최고의 모습을 보여주었는데, 요즘은 무언가 이상했다.

먼 허공을 바라보듯 흐릿한 눈빛.

"몸이 안 좋으면 말해. 다른 임상강사나 치프랑 손 바꾸게 해 줄 테니."

오기수 교수는 걱정해 말했다. 이상민은 수술 마스크 너머로 미소를 지었다.

"괜찮습니다. 걱정 감사합니다."

어기적어기적 시간이 지나고, 다행히 별문제 없이 수술이 끝났다. 수술복을 갈아입은 후 이상민은 환자의 상태를 확인하기 위해 중환자실로 향했다.

수술실에서 중환자실로 향하는 짧은 거리를 걷는데도 환각과 환청이 시야를 어지럽혔다.

따분한 표정으로 자신의 환자를 살피는데, 외과 중환자실 B—zone에 위치한 다른 환자가 눈에 들어왔다.

—김O성, M/57, 간이식, 교수 : 김진현

젊다 못해 어린 나이에 세계적 대가로 인정받는 자신의 천재 친구의 환자였다.

굉장히 고난도 수술의 환자였는지 상태는 좋지 않아 보였다. 누가 툭 건들기만 해도 스러져 생을 마감할 정도로.

물론 김진현은 무슨 수를 써서라도 이 환자를 살릴 것이다. 그게 김진현이었으니까.

하지만 누군가의 손이 개입한다면? 그래도 김진현이 이 환자를 살릴 수 있을까?

"……."

이상민은 가만히 그 환자를 바라봤다.

환자의 쇄골정맥에 삽입된 중심정맥관에는 독한 약들이 주렁주렁 매달려 있었다. 저 약들 중 하나만 잘못된 속도로 들어가도 간신히 버티고 있는 저 환자는 생을 마감할 것이 분명했다.

"……."

저벅.

이상민은 한 걸음 발걸음을 옮겼다.

마침 B—zone과는 사각에 위치한 D—zone의 환자의 상태가 급해 간호사들은 모두 D—zone에 몰려 있는 상황이다.

CCTV?

일반적인 생각과 다르게 병원 구석구석에 CCTV가 모두 있는 것은 아니다. 아니, 설치되어 있는 곳보단 없는 구역이 훨씬 많다.

지금 그가 서 있는 B—zone에도 CCTV는 없다.

저벅.

다시 발걸음을 옮겼다.

"으으……."

환자가 신음을 흘렸다.

곧 옆에 도착한 이상민은 환자에게 투입되는 약물들을 바라봤다.

노르에피네프린, 도파민, KCL, 면역억제제…….

모두 과량투입 시 독이나 다름없는 약이었다.

"김진현……."

이 약물들에 손만 대면 이전과 같은 사고를 진현에게 덮어씌울 수 있다. 그러면 한창 날개를 달고 날아오르는 그는 다시 꼬꾸라지겠지.

"으으……."

이상민의 눈이 신음을 흘리는 환자를 무채색하게 바라봤다. 그리고 그의 손이 올라가기 직전…….

흠칫!

이상민은 움찔하며 등을 돌렸다.

그곳엔 차가운 눈빛의 젊은 남자가 그를 노려보고 있었다.

김진현이었다!

이상민이 말했다.

"언제 왔어? 아니, 와 있었나?"

김진현은 낮은 목소리로 말했다.

"왜 멈추지?"

"뭘?"

"몰라서 물어?"

"난 그저 환자를 보고 있었을 뿐이야. 세계에서 인정받는 천재 교수님의 환자가 어떤지 궁금했거든."

김진현은 피식 웃었다.

"그래?"

그러고 그는 이상민을 스쳐 지나가 환자 옆에 위치한 중환자실 컴퓨터에 섰다.

"뭐, 좋아. 그래도 감옥에 처넣을 꼬리를 잡나 싶었는데 아쉽군. 하여튼 감도 좋아. 그러니 지금까지 그런 죄악을 저지르고도 무사한 거겠지."

이상민은 어깨를 으쓱했다.

“무슨 말 하는지 모르겠군.”

“그래, 뭐.”

진현은 중환자실 차트를 클릭했다.

바이틀 시트(Vital sheet)가 검은색, 빨간색, 초록색 선으로 어지럽혀져 있었다.

“2년 동안 미국에서 많은 생각을 했었지. 넌 왜 그런 일들을 저질렀을까? 이해할 수가 없었어.”

그래, 이해할 수 없었다.

왜 이상민은 혜미의 오빠를 죽이고, 자신을 궁지에 몰았을까?

어째서?

“고민을 하다 깨달았지. 이유 따위는 중요치 않다는 것을. 네가 무슨 생각으로 그런 일을 저질렀는지가 뭐가 중요하겠어? 그냥 넌 죽일 놈이야.”

이상민은 아무런 대답도 하지 않았다. 진현은 검사 결과를 확인하며 면역억제제의 용량을 계산했다.

“뭔가 하고 싶은 일 있으면 빨리 하는 게 좋을 거야. 곧 너를 대일병원에서 쫓아낼 생각이거든. 대일병원뿐 아니라 외과의사 사회 전체에서 널 매장시킬 거야. 무슨 수를 써서라도. 오래 걸리지 않을 테니 마지막 발악을 하고 싶으면 빨리 하는 게 좋을 거야.”

도발이었다.

이상민의 미소가 짙어졌다.

“글쎄? 정말 무슨 말 하는지 모르겠군.”

진현은 피식 웃었다.
"그래? 마음대로 해."
그리고 그는 모니터 옆에 놓인 청진기를 챙겨 중환자실을 떠났다. 떠나는 친구의 뒷모습에 이상민의 미소가 더욱더 깊어졌다.
"그래, 재미있는 일이 하나 남아 있었지."
모든 삶에서 흥미를 잃은 그였지만 재미있는 일이 단 하나 남아 있었다.
이상민은 작게 중얼거렸다.
"김진현……."

*　　*　　*

이해중 회장이 퇴원한 후 며칠 뒤.
"많이 기다렸어?"
혜미가 병원 로비에서 진현에게 뛰어왔다.
"아니, 나도 막 도착했어. 타."
진현은 부모님 집에서 매일 출퇴근이 어려워 국산 중형차를 하나 마련했다.
미국에서 번 돈으로 꿈에 그리던 포르쉐를 살 수도 있었지만 그건 모든 일이 마무리된 다음으로 미뤘다.
그녀가 차에 타자 진현은 나직이 물었다.
"특별한 일은 없었어?"
특별한 일.

단순한 안부를 묻는 것이 아니라 이상민의 일을 묻는 것이다.

혜미는 고개를 끄덕였다.

"응, 나야 할아버지 집에서 출퇴근하고 병원 밖엔 나가지 않으니까."

이해중 회장의 자택.

대한민국에서 가장 안전한 곳이라 할 수 있었다.

"그래도 조심해. 그 미친놈이 무슨 일을 저지를지 모르니."

"너야말로. 절대, 꼭 조심해. 알았지?"

"응, 충분히 조심하고 있으니 걱정하지 마."

아무리 이상민이 범죄의 천재라도 경계를 곤두서고 신변을 주의하고 지내면 어쩔 방법이 없었다.

물론 무작정 총을 쏜다거나 칼을 휘두른다거나 자동차로 들이박는다면 속수무책이겠지만, 서울이 무법지대도 아니고 그런 일을 벌일 수는 없을 것이다. 부주의하게 홀로 인적 드문 곳에 가질 않는 한.

진현의 눈이 차갑게 가라앉았다.

'기다려라, 이상민. 그리고 이종근. 준비는 다 끝나 있으니.'

모든 준비는 한국에 발을 디디는 순간 이미 다 끝나 있었다. 그들이 무슨 발악을 해도 소용없을.

'이제 멀지 않았어.'

그래, 정말 멀지 않았다.

그들의 죄악을 단죄할 때가!

그런데 혜미가 물었다.

"오늘 왜 이렇게 차려입은 거야? 무슨 날이야?"

평소 패션에 신경을 쓰지 않는 진현이지만 오늘은 달랐다.
미국에서 마련한 말쑥한 정장으로 몸을 단장한 것이다.
독일제 고가 정장에 지적인 분위기, 깊은 눈빛이 얽혀서 인텔리한 느낌을 자아냈다.
"어디 갈 데가 있어서."
"어딜?"
진현은 차에 시동을 켰다.
부르릉.
차의 시동이 요란하게 울렸다.
"너도 잘 아는 곳이야."
"어딘데? 어디 가려는데?"
"금방 도착해. 20분이면 도착할 거야."
혜미는 볼을 부풀렸다.
진현은 웃으며 운전을 시작했다.
병원을 벗어난 자동차는 올림픽대로에 진입 후, 한남대교에서 방향을 꺾었다. 출퇴근할 때마다 다니는 길이 나타나자 혜미의 눈이 커졌다.
눈치챈 것이다.
"진현아, 설마 지금?"
"응."
진현은 답했다.
"우리 결혼하려면 인사드려야지. 따로 하나 더 드릴 말씀도 있고."
한남대교를 건넌 자동차는 한남동 커다란 저택 앞에 멈추어 섰다.

대일 그룹의 회장, 이해중의 저택이었다.

미리 연락을 받았는지 백중현이 마중을 나왔다.

그룹 전체의 비서실장인 그가 마중 나온 것만으로도 이해중 회장이 진현의 방문을 얼마나 반기는지 알 수 있었다.

“어서 오십시오, 김 선생님.”

그런데 보조석 문이 열리며 익숙한 얼굴이 나타나자 백중현은 눈을 크게 떴다.

“아니, 아가씨?”

“아… 백 실장님.”

혜미는 어색한 표정을 지었다.

“왜 아가씨가 김 선생님과……?”

“그게…….”

살짝 부끄러운 표정을 보고 백중현은 두 사람의 관계를 퍼뜩 짐작했다. 백중현은 새삼스레 두 사람을 바라봤다.

화사한 꽃 같은 혜미, 깊은 눈빛의 진현. 안 어울릴 것 같으면서도 잘 어울리는 한 쌍이었다.

백중현은 부드럽게 웃음을 지었다.

‘보기 좋은 커플이군.’

혜미를 끔찍이 아끼는 이해중 회장이 뭐라 반응할지는 모르지만 기분 좋은 커플인 것은 맞았다.

“안으로 들어오십시오. 회장님이 기다리고 있습니다.”

백중현은 둘을 안으로 안내했다.

작은 공원 같은 정원을 지나 저택 내 커다란 응접실에 이해중과 이동민이 기다리고 있었다.

"어서 오십……."

인사말을 건네다 이동민이 의외의 얼굴에 말을 멈췄다.

"혜미야, 네가 왜 김 선생님과 같이? 오다가 만난 거니?"

"아… 작은아빠……."

혜미가 어색한 얼굴을 했다.

이해중과 이동민이 의아한 표정을 짓자 진현이 한 걸음 앞으로 나섰다.

"다시 한 번 인사하겠습니다, 회장님."

그러면서 공손히 허리를 숙이며 인사했다.

"제가 혜미의 남자친구입니다. 인사드리러 왔습니다."

"……!"

이해중과 이동민의 얼굴에 경악이 번졌다.

넷은 커다란 식탁에 마주앉았다.

고용인들이 정성스레 준비한 음식들을 내왔지만 아무도 젓가락을 들지 않았다.

"김 선생이 우리 손녀딸과……."

생각지도 못한 표정이었다.

아무리 대기업 총수라 해도 손녀딸의 일거수일투족을 감시하진 않으니 혜미가 누구와 사귀는지는 모르고 있었다.

물론 다 큰 성인이니 누군가와 교제를 하는 것은 당연한 일이었지만 그게 설마 자신의 생명의 은인인 김 선생이라니?

그때 이동민이 웃으며 말했다.

"아니, 김 선생이 우리 혜미의 남자친구라니? 둘이 언제부터 만난 것입니까?"

"처음 만난 것은 학생 때부터고, 교제를 시작한 지는 3년 정도 되었습니다."

이동민은 둘의 사랑을 기뻐하는 눈치였다.

당연했다.

김진현 정도되는 남자를 누가 싫어하겠는가?

집안 수준에서 차이가 나긴 하지만 어차피 조카를 정략 결혼시킬 것도 아니고.

최고의 신랑감이다.

이동민은 뭔가 복잡한 심정의 이해중에게 고개를 돌렸다.

"아버지는 왜 아무 말 없으십니까? 김 선생님이 마음에 안 듭니까?"

짓궂은 질문에 이해중은 헛기침을 했다.

"크흠, 그게 아니라……."

그건 아니다.

김진현이 왜 마음에 안 들겠는가?

자신의 생명을 구해주었을 뿐 아니라 미국 의학계를 뒤흔들 정도의 천재 의사에, 인품도 요즘 젊은이들답지 않게 훌륭하다.

다만…….

'허허, 아무에게도 안 주려 했건만… 김 선생이라니.'

눈에 넣어도 안 아플 손녀딸이다.

특히나 못난 애비 밑에서 불우하게 자라서인지 다른 손주들에 비해 더 강한 애착이 들어 누가 와도 도둑놈이라 여겨졌다. 하지만 이해중은 주책바가지 늙은이가 아니다.

그의 시선에 둘의 모습이 들어왔다. 나란히 앉아 있을 뿐이지만 애틋함이 느껴졌다. 아무에게도 주기 싫지만 그건 자신의 주책 같은 욕심일 뿐이다.

'그래, 다른 사람이면 몰라도 김 선생님이라면…….'

이해중은 입을 열었다.

"김 선생님."

"네, 회장님. 말씀 편하게 하십시오."

이해중은 쓴웃음을 짓더니 말을 놓았다.

"그래, 한 가지만 묻겠네."

"말씀하십시오."

"우리 혜미. 딱하고 착한 아이야. 행복하게 해줄 수 있나?"

진현은 굳은 얼굴로 답했다.

"네, 무슨 일이 있어도 행복하게 해주겠습니다."

이해중은 고개를 끄덕였다.

"그래, 앞으로는 자네도 날 할아버지라 부르게."

진현을 손녀사위로 인정한 것이다.

그 뒤 화기애애한 식사가 이어졌다.

새로운 조카사위를 맞이한 이동민이 기쁜 얼굴로 집 안에 귀히 보관 중인 꼬냑을 땄다.

"김 선생… 아니, 이제 김 서방이라 불러야 하나? 하여튼 한 잔 받으라고!"

혜미가 술을 잘 마시는 것은 대일 가문 전체의 내력인지 이동민도 주량이 장난 아니었다.

이해중 회장도 한 잔 마시고 싶은 눈치지만 간이식까지 받은 몸으로 술을 마실 수 없는 노릇. 마시고 싶은 만큼 손녀사위에게 술을 권했다.

"쭈욱 마시고 내 술도 한 잔 더 받게, 허허."

"하, 할아버지. 진현이 취해요. 그만 좀 줘요."

혜미가 말렸으나 흥이 오른 그들은 듣지 않았다.

원래부터 은인으로 여겼던 김진현이 손녀사위가 된다니!

처음엔 당황스러웠지만 생각할수록 기쁜 일이었다.

"남자는 원래 술을 잘 마셔야 해. 자, 김 서방 한 잔 더 받게!"

특히 이동민이 신이 나서 술을 권했다.

말술인 대일 가문 사람들에 비해 주량이 약한 진현은 죽을 맛이었으나 거절하지도 못하고 넙죽넙죽 받아 마셨다.

'취하면 안 되는데.'

처갓댁 어른들 앞에서 취할 수는 없는 노릇이다.

중요한 용건이 하나 더 남아 있었다. 어떻게 보면 방금 전의 용건보다 훨씬 중요한.

그런데 혜미가 잠시 자리를 비웠을 때, 이해중이 물었다.

이전과 다른 무거운 목소리다.

"저 아이의 가정사는 알고 있나?"

진현의 얼굴이 굳어졌다.

"네, 알고 있습니다."

"그래, 참 불쌍한 아이이지. 내가 바빠 저 어린것을 챙겨주지 못했어."

이해중은 안타까운 목소리로 말했다.

진현은 눈을 감으며 그녀의 과거를 떠올렸다.

그녀는 어린 시절 아버지, 이종근의 여성편력으로 어머니가 자살했고 어머니 없이 자라며 가정폭력에 시달렸다.

그 사실을 이해중이 눈치채 손을 쓰기 전까지 그녀가 얼마나 많은 눈물을 흘렸는지는 아무도 모른다.

유일하게 가족으로 여겼던 이범수의 죽음까지. 그녀의 과거는 슬픔으로 얼룩져 있었다.

"네, 혜미는 제가 행복하게 해줄 것입니다."

그래, 그녀는 내가 행복하게 해줄 것이다. 하지만 그러기 위해선 먼저 처리해야 할 일들이 있었다.

"그래, 잘 부탁하네. 그리고 혜미가 아버지와 사이가 무척 안 좋지만 그래도 아버지니 가서 인사를 드리게."

"네, 그렇지 않아도 그렇게 할 생각입니다."

진현이 묘한 목소리로 답했다.

그렇지 않아도 곧 인사를 드릴 생각이었다. 장인어른께 하는 일반적인 인사와는 분위기가 다르겠지만.

"회장님."

"허어, 할아버지라고 부르래도."

진현은 머쓱히 웃으며 말했다.

"지난번 말씀드렸던 것 기억하십니까? 나중에 한 가지 부탁을 드리겠다는 것."

"당연히 기억하지. 뭔데 그러나? 모든 말만 하게. 다 들어줄 테니."

이해중과 이동민, 모두 귀를 종긋 세우고 물었다.

과연 이 세기의 천재 의사가 무슨 부탁을 할까?

그들은 김진현이 무슨 부탁을 하든 다 들어줄 생각이었다.

생명의 은인인 것에 더해 이제 손녀사위가 될 사이였으니.

"그건……."

진현은 나직한 목소리로 말했다.

*　　　*　　　*

진현이 이해중에게 인사를 올린 후, 며칠의 시간이 지났다.

이해중은 저택의 연못에서 금붕어들을 바라보며 고개를 갸웃했다.

"아버지, 바람이 차니 들어가 계세요."

이동민이 다가왔다. 하지만 이해중은 계속 연못을 바라볼 뿐이었다.

"동민아."

"네?"

"김 선생님… 아니, 우리 손녀사위의 부탁이 도대체 무슨 의미인지 아느냐?"

이동민은 입을 다물었다.

그도 김진현의 말이 이해가 안 되는 것은 마찬가지였다.

"저도 잘 모르겠습니다."

"그렇지? 흐음… 공의에 맞는 처분을 부탁한다라… 이게 무슨 말이지?"

진현의 부탁은 간단했다.

공의에 맞는 처분을 부탁한다. 이게 다였다.

그게 무슨 말이냐고 물었으나 자세한 설명은 하지 않았다.

지금은 말씀드릴 수가 없고, 조만간 알게 될 것이라고 말할 뿐.

"글쎄요. 빈말을 할 사람은 아니니 분명 무슨 의미가 있을 텐데."

"대일병원과 무슨 문제가 있는 건가?"

김진현과 대일 그룹과의 연관성은 대일병원밖에 없다.

"뭐, 조만간 알게 될 것이라 하니 기다려 보시죠."

"흠… 그래도 궁금하잖아."

이동민은 웃으며 화제를 돌렸다.

"그나저나 어떻습니까?"

"뭘?"

"김 선생 말입니까?"

"사람을 찝찝하고 궁금하게 만드는 것만 빼면 최고지. 왜?"

"대일병원 때문에 말입니다."

"대일병원? 대일병원이랑 손녀사위가 왜?"

이동민은 나직이 말했다.

"최근 대일병원 지표가 그다지 안 좋지 않습니까?"

"그거야, 뭐. 이종근, 그놈이 하는 게 다 그렇지."

이해중은 투덜거렸다.

그래도 핏줄이라서 이사장 자리에 앉혀놓고는 있지만 이종근

그놈은 마음에 드는 게 하나도 없었다.

"슬슬 대일병원도 혁신이 필요치 않겠습니까?"

"병원에 무슨 혁신?"

"대일병원은 너무 정체되어 있습니다. 그룹의 지원금으로 국내 1위 자리를 지키곤 있지만, 들어가는 돈에 비하면 별다른 발전도 없는 상황이지요."

"그래서?"

"그런데 이런 상황에도 이종근 이사장은 자신의 아들이란 이유만으로 이상민을 병원의 후계로 지목했지요. 누구보다도 뛰어난 사람이 병원을 지휘해도 모자랄 판에 말입니다."

그 말에 이해중은 인상을 찌푸렸다.

이상민은 혜미와 마찬가지로 자신의 손주이긴 하지만, 마음에 드는 손주는 아니었다. 태생부터가 마음에 들지 않았다.

"그래도 그룹의 병원을 외부 사람에게 맡길 수는 없지 않느냐? 핏줄이 마음에 안 들어서 그렇지, 한국대 차석 졸업자이기도 하고. 후에 경험이 쌓이면 잘하겠지."

물론 혜미도 후계 후보가 될 수 있겠으나 보수적인 의사 사회에서 국내 1위 병원의 이사장으로 여자를 선정하는 것은 무리가 있었다.

"훨씬 적합한 사람이 우리 가문에 생기지 않았습니까?"

"새로? 그게 무슨 말……?"

물으려던 이해중은 입을 다물었다.

아들의 뜻을 깨달은 것이다.

"설마 김 선생? 손녀사위?"

이동민이 눈을 빛냈다.

"네, 김 선생이 우리 집안의 손녀사위가 되면 대일병원의 후계로 가장 걸맞지 않겠습니까?"

틀린 말이 아니었다.

이미 김진현은 최고의 의사이자 의학자로 세계에서 이름이 높았다.

그보다 뛰어난 의사를 어디서 또 찾을 수 있겠는가?

"흠… 그렇긴 하군. 좋은 생각이야. 아주."

이해중은 고개를 끄덕였다.

"아직은 연배가 어리지만 조금만 더 경험을 쌓으면 그보다 훌륭한 적임자는 없습니다."

"그래, 내 생각도 그렇긴 해. 한번 고민해 봐야겠군. 그런데 손녀사위가 대일병원의 병원장 자리를 맡으려 할까? 세인트 죠셉 병원에서도 스타 대우를 받으며 의학자로서 최고의 길을 걷고 있는데."

이동민은 미소를 지었다.

"지난번 술 마시면서 이야기를 나눠보니 김 서방도 한국을 그리워하고 있는 것 같습니다. 대일병원이라고 의학자의 길을 못 걷는 것도 아닌데 잘 이야기하면 되지 않겠습니까?"

그 뒤 둘은 김진현이 손녀사위로 들어오면 대일병원의 후계로 삼는 것에 대해 진지하게 논의하였다.

만약 김진현이 승낙만 한다면 그보다 더 좋은 적임자도 없기 때문이다.

*　　*　　*

대일병원의 이종근은 심기가 극도로 좋지 않았다.

원래도 기분이 좋을 때가 별로 없었지만 며칠 전부터는 정말 최악이었다. 막냇동생이자 그룹의 경영권을 이어받은 이동민과의 대화 때문이다.

'빌어먹을.'

그는 이동민과의 대화를 떠올렸다.

손녀사위가 될 김진현에게 병원을 물려줄 생각이라고? 아버지도 동의한 내용이고?

"누구 마음대로?"

이종근은 이를 갈았다.

"이 병원은 내 것인데? 누구 마음대로?"

통보하듯 말하던 이동민의 얼굴에 담긴 감정이 그를 분노케 했다. 비웃음과 통쾌함이 가득한 그의 목소리엔 이런 함의가 담겨 있었다.

'형님도 이제 대일병원에서 손을 뗄 때가 되지 않았소?'

피해의식에 따른 착각이 아니라 이동민과 이종근은 어릴 때부터 사이가 극도로 좋지 않았다.

"빌어먹을! 제기랄!"

그런데 그때, 민 비서가 곤란한 얼굴로 다가왔다.

"저… 이사장님. 손님이 왔습니다."

"누구?!"

"…김진현 교수입니다."

이종근은 와락 인상을 구겼다. 이 순간 제일 꼴 보기 싫은 놈이었다.

"무슨 일인데?!"

"긴히 할 말이 있다고……."

꺼지라고 말하고 싶었지만 간신히 마음을 가다듬었다.

"들어오라고 해."

"…네."

민 비서는 조심스러운 걸음으로 물러갔고 곧 딱딱한 얼굴의 김진현이 들어왔다.

"무슨 일입니까? 제가 지금 조금 바쁩니다."

이종근은 삐딱한 목소리로 물었다. 빨리 할 말하고 꺼지란 음성이다.

"잠깐 앉아도 되겠습니까? 중요한 이야기가 될 것 같은데."

이종근은 고개를 끄덕였다.

"거기 앉으십시오."

진현이 앉자 민 비서가 커피 두 잔을 내왔다. 짙은 커피 향이 방 안에 맴돌았다.

"무슨 할 말입니까? 말씀해 보십시오."

진현은 대답 대신 가만히 이종근의 얼굴을 바라봤다.

"이사장님."

"……?"

"저에게 혹시 하실 말씀 없으십니까?"

이종근은 인상을 찌푸렸다.

"그게 무슨 말입니까? 제가 김 교수님께 할 말이 있을 리가……."

진현의 얼굴이 차가워졌다.

"그렇습니까? 정말로? 정말로 없습니까?"

"그러니까 그게 무슨……."

"인턴, 레지던트 시절부터 저에게 많은 일을 해온 것으로 알고 있는데요. 그에 대해서 정말로 아무 할 말도 없습니까?"

"……!"

진현의 눈동자가 차갑게 내려앉았다. 그 눈동자를 마주하며 이종근의 얼굴이 딱딱히 굳어졌다.

"무슨 말… 하는지 잘 모르겠군요."

"잘 모르겠다고요?"

"그래요. 지금 난 김 교수의 말을 도통 이해할 수가 없군요. 뭔가 착각을 하고 온 것 같은데, 계속 이상한 말을 할 생각이면 이만 나가주십시오."

진현은 주먹을 움켜쥐었다.

"전부 다 알고 왔습니다. 저를 병원에서 쫓아내기 위해 뒤에서 한 일들을 부정하실 것입니까?"

이종근이 버럭 화를 내었다.

"아니, 김 교수! 지금 도대체 무슨 황당한 말을 하는 것입니까?! 내가 당신을 쫓아내기 위해 수작이라도 부렸단 말입니까? 하! 세인트 죠셉의 교수라고 눈에 뵈는 게 없는 모양인데… 나한테 이런 말도 안 되는 막말을 하고도 괜찮을 거라 생각하는 것이오?"

김진현은 한숨을 내쉬었다.

그래, 예상했던 반응이다. 차라리 해가 서쪽에서 뜨길 바라지.

이종근이 순순히 죄를 인정할 것이라고는 생각하지 않았다.

"정말 계속 부정할 것입니까? 이미 다 알고 있습니다."

"당신이야말로 증거도 없으면서 계속 헛소리할 거면 저도 가만히 있지 않겠습니다."

이종근은 '증거'란 단어에 힘을 주었다. 김진현에게 부린 수작은 자신과 측근 외엔 아무도 모르는 일이다. 유형의 증거가 남는 일이 아니었기 때문에 죄를 입증할 수도 없다.

인턴 시절 어려운 환자를 진료하게 한 것?

응급실로 보내 과도한 업무를 통해 실수를 유발한 것?

위법도 아니고 병원 진료 로테이션상 어쩔 수 없이 그랬다고 하면 그만이다.

물론 이전에 응급 수술팀에 과도하게 술을 권해 수술에 차질이 빚어지도록 한 것은 문제가 될 수 있는 일이나, 이것 역시 명확히 죄를 입증하기 어려웠다.

실제로 김진현의 활약 덕에 아무런 피해자도 생기지 않았고.

"알겠습니다. 인정하지 않겠다면 어쩔 수 없는 일이죠."

진현은 고개를 끄덕였다.

이종근은 으르렁거리며 말했다.

"헛소리 그만하고 빨리 나가주시오. 이번 일은 내 그냥 넘어가지 않겠소."

하지만 진현은 물러난 것이 아니었다. 한 손에 들고 온 서류 봉투를 열어 수북한 서류를 꺼내 들었다.

"그게 뭐요?"

"한번 읽어보십시오."

"바쁜데 자꾸 이러면……."

"지금 안 읽으면 후회하실 겁니다. 읽어보십시오."

이종근은 짜증나는 얼굴로 서류를 받아 들었다.

그러나 짜증나는 얼굴도 잠시.

이종근의 안색이 시체처럼 질리며 전신이 사시나무처럼 떨리기 시작했다.

"이, 이건… 이건……."

진현은 무표정하게 물었다.

"이것조차 거짓이라 말씀하실 것입니까?"

그가 내민 서류.

그것은 매리의 클랜시 패밀리가 진현을 위해 심혈을 다해 마련한 선물로, 지난 10년간 이종근의 죄악이 모조리 담겨 있었다.

병원 자금 횡령, 교수 임용과 관련한 뇌물 수수, 병원 약품 선정 시 제약회사에게 받은 리베이트 등등, 수도 없었다.

심지어 7년 전 강제 추행 후 내쫓은 개인 비서에 대한 자료도 수록돼 있었다.

이종근은 분노와 공포로 몸을 떨었다.

"가, 감히 어디서 이런 거짓 자료를……!"

"거짓 자료라고요? 정말 그렇게 생각하는 것입니까?"

이종근은 하얗게 질려 입을 다물었다.

'어, 어떻게 저 자료를? 말도 안 돼.'

진현이 내민 서류에 적힌 내용들은 한 치의 거짓도 없는 사실이었다.

만약 저 서류가 밖으로 유출될 경우 그의 모든 것은 끝이었다. 병원에서의 직위와 재산을 잃는 것은 물론, 수없는 시간을 감옥에서 썩어야 할지도 몰랐다.

"지금까지 저지른 죄악들을 생각하면… 당장에라도 이 서류를 경찰에 넘기고 싶지만……."

진현은 크게 숨을 들이켜며 마음을 다스렸다.

"당신이 혜미의 아버지이기 때문이기에 단 한 번 기회를 드리겠습니다."

저런 아버지도 아버지라 해야 할지 모르지만, 그리고 혜미도 그를 아버지라 여기고 있진 않지만 핏줄이 이어졌음은 사실이다.

그래서 진현은 단 한 번의 기회를 주기로 했다.

목석처럼 굳어 아무 말도 못하고 있는 이종근에게 말했다.

"모든 죄를 인정하고 스스로 대일병원의 이사장직에서 물러나십시오. 그리고 대일병원과 대일 그룹에 관련된 모든 지분은 이혜미에게 할양하고, 부정으로 축재한 재산은 전부 사회에 환원하십시오. 그렇게 하면 이 서류를 경찰에 넘기지 않겠습니다."

"……!"

진현의 말대로 하면 이종근은 거지가 된다.

그의 모든 재산은 대일병원과 그룹의 지분, 그리고 부정 축재로 이루어진 것이니까. 일평생 탐욕스럽게 모은 모든 것을 내려

놓아야 하는 것이다.

하지만 이것도 최대한 자비를 베푼 것이다. 이종근의 죄악을 생각하면 평생을 감옥에 썩어도 시원치 않았다.

"이, 이놈……! 나, 나한테 이러고도……!"

이종근은 분노해 외쳤으나 추레할 뿐이었다.

진현은 냉소를 지었다.

"딱 일주일 드리겠습니다. 그 안에 결정하십시오. 만약 제 의견에 따르지 않는다면 이 서류를 이해중 회장님과 검찰, 양측에 보내도록 하겠습니다."

그리고 자리에서 일어나며 말했다.

"제 솔직한 마음으론 당신이 제 제안을 받아들이지 않았으면 좋겠습니다. 그래야 제대로 된 처벌을 내릴 수 있을 테니까요."

어린 시절 혜미에게 가했던 학대만으로도 진현은 이종근을 용서할 수 없었다.

하지만 그래도… 그래도 자신이 사랑하는 혜미를 낳은 아버지이기에 일말의 기회를 주는 것이다.

"기다리겠습니다."

그 말을 끝으로 진현은 이사장실에서 나갔다. 진현이 나간 후, 이종근은 부르르 손을 떨었다.

"어, 어떻게… 저 자료를……? 말도 안 돼. 말도 안 돼! 이… 이……!"

곧 괴성이 터져 나왔다.

"크아악! 제기랄! 빌어먹을!"

분노한 그는 닥치는 대로 주변의 가구를 던지고 부쉈다.

와장창!

진현은 이사장실 밖에서 고가의 장식품들이 깨져 나가는 소리를 들으며 비웃음을 지었다.

'추해.'

이종근.

정말 추하고 추레한 작자다.

'내 제안을 받아들일까?'

진현은 고개를 저었다. 받아들일 인물이었으면 지금까지 이런 죄악을 저지르지도 않았겠지.

'분명 또 무슨 술수를 부리려 하겠지.'

상관없다. 아니, 오히려 술수를 부려주었으면 좋겠다.

혜미를 낳아준 것에 대한 보답은 방금 전 제안만으로 충분했으니까. 만약 술수를 부린다면 그 죄까지 합쳐서 평생을 감옥에서 썩게 할 생각이다.

'이걸로 끝이 아니야.'

그다음은 이상민이다.

이상민은 이종근처럼 간단하지 않다. 이종근과 다르게 뚜렷하게 잡아놓을 증거가 없었기 때문이다.

'궁지에 몰아놓고 기다리자. 분명 움직일 테니 그때가 놈을 잡아넣을 기회야.'

진현은 차가운 얼굴로 생각했다.

이상민.

가장 용서할 수 없는 인물이다.

진현이 다녀간 후, 이종근은 극도의 신경쇠약에 시달렸다.

'빌어먹을. 어떻게 하지?'

그렇지 않아도 그룹 내에서 이미 눈 밖에 난 그이다.

김진현이 그 자료를 경찰이나 이해중에게 보내면 그는 파멸이었다. 그렇다고 김진현의 제안을 받아들일 수도 없다. 모든 것을 잃게 될 테니까.

이러지도 저러지도 못하는 상황.

'막아야 해. 무조건. 하지만 어떻게?'

어떻게 입수한 것인지는 모르지만 이미 모든 증거가 김진현 손에 있어 아무리 머리를 싸매고 고민해 봐도 빠져나갈 구멍이 없었다.

그렇게 고민하던 어느 순간, 머리에 통증이 작렬했다.

"크윽!"

최근 들어 통증이 더 자주, 더 강하게 오는 느낌이었다.

이렇게 되고 보니 일반적인 편두통과는 다른 양상 같아 뒤늦게 검사를 받아봐야겠단 생각이 들었다. 하지만 지금은 초조함에 정신이 없었다.

"빌어먹을! 빌어먹을! 제기랄!"

와장창!

그는 괴성을 지르며 다시 이사장실을 뒤엎었다.

민 비서가 덜덜 떨며 그를 만류했다.

"이, 이사장님. 지, 진정을……."

"닥쳐!"

짝!

"꺄악!"

눈이 시뻘개진 이종근이 애꿎은 민 비서의 따귀를 날렸고, 그녀는 비명을 지르며 바닥에 쓰러졌다.

"……."

외과 과장 고영찬은 그 모습을 보며 침을 꿀꺽 삼켰다.

이종근이 자세한 상황을 설명해 주진 않았지만 간간히 내뱉는 욕설만으로도 사태를 짐작할 수 있었다.

'그 자료가 경찰에 넘어가면 나도 끝장이야. 어떻게 하지?'

이종근의 죄악은 그 혼자만의 죄악이 아니라 심복인 고영찬도 깊숙이 관여하고 있었다.

이대로라면 이종근, 고영찬 둘 모두 파멸이었다. 증거가 김진현에게 있는 이상 딱히 취할 수 있는 방법도 없었다.

'끝장이구나.'

고영찬은 허탈한 마음이 들었다. 지난 세월 어떤 삶을 산 것인지 모르겠다.

'김진현…….'

문득 지난 심포지엄 때 김진현의 강연 장면이 떠올랐다.

한때 고영찬이 꿈꾸던, 지금은 포기했던 그 자리에서 김진현은 찬란히 빛나고 있었다. 그 모습이 떠오르자 고영찬은 지난 삶이 더욱더 허무해졌다.

"제기랄! 빌어먹을!"

파멸이 예정된 이종근은 안정을 취하지 못하고 계속해서 추태를 부렸다.

이종근은 이를 악물었다.

'수를 써야 해. 어떻게 해서든.'

하지만 어떻게?

'그래, 병원 자금 횡령과 리베이트 건만 무마하면 돼. 나머지는 그룹 형제들의 도움을 받으면 어떻게든 넘어갈 수 있을 거야.'

물론 다른 일들도 심각한 중죄이긴 마찬가지였지만 병원 자금 횡령과 대규모 리베이트에 비할 수 없었다. 이 두 건은 무조건 무마해야 했다.

'병원 자금 횡령은 그래도 그룹 내에서 눈만 감아주면 어떻게든 덮을 수 있어. 가장 큰 문제는 대규모 리베이트야.'

국내 1위 대일병원에서 사용하는 약물과 관련된 리베이트니 규모가 어마어마했다. 그래도 그나마 천만다행인 점은 그가 저지른 일들은 측근들, 특히 외과 과장인 고영찬과 깊은 연관이 있었다.

약품 선정과 관련된 거액의 리베이트를 받을 때 모두 고영찬의 손을 빌렸고 3국에서 자금을 세탁해 어떻게든 그에게 덮어씌울 수 있다는 것이다.

'꼬리를 자르는 거야.'

"고 교수?"

"네?"

고영찬이 의아한 얼굴로 물었다.

"크흠, 그게……."

이종근은 머뭇거리다 안면을 몰수하고 말했다.

"고영찬 교수, 자네 혹시… 지금까지 제약회사들에게 리베이트를 받은 것이 있나?

"네?"

고영찬은 황당한 얼굴로 되물었다.

"그건 이사장님께서……?"

"어허, 이 사람! 큰일 날 소리를 하는군! 갑자기 내 이야기를 왜 하나?"

고영찬의 표정이 굳어졌다. 이사장의 추한 의도가 훤히 보였던 것이다.

"자네도 알겠지만 리베이트는 아주 큰 죄야. 아무리 자네가 나를 위해 많이 노력해 줬다 해도 리베이트를 감싸줄 순 없어."

"……."

"더 큰 문제가 생기기 전에 자수하게. 그러면 지난 노력을 생각해서 자네 노후는 걱정 없이 챙겨주겠네."

고영찬은 주먹을 부르르 떨었다. 지금 이종근은 자신에게 모든 죄를 덮어쓰라고 말하는 것이다.

'하…….'

고영찬은 다시금 깊은 허무함을 느꼈다.

권력을 위해 평생을 노력해 왔건만 결국 맞이하는 것은 이런 추악한 결말이란 말인가?

넋을 잃은 고영찬은 인사를 하는 둥, 마는 둥하고 이사장실을 나와 자신의 교수실로 돌아왔다.

"나보고 다 덮어쓰라고?"

멍하니 중얼거리며 그는 자신의 교수실을 둘러보았다. 한강의 전경이 보이는 그 교수실은 인생의 모든 것이 담긴 곳이었다.

'뭘 위해 산 것인지… 허무하구나.'

씁쓸한 표정을 지은 그는 잠시 후 핸드폰을 들어 전화를 걸었다. 이종근이 말한 대로 경찰에 자수를 하려는 것은 아니다. 그가 전화를 건 상대는 다름 아닌 김진현이었다.

"김진현 선생님? 나 고영찬 교수입니다. 잠시 만나서 이야기를 할 수 있겠습니까? 드릴 말씀이 있습니다."

고영찬의 얼굴이 차가워졌다. 그가 아무리 이종근의 충복이었다 해도 바보는 아니다.

버려져 죽임을 당할 개는 때론 주인을 물 수도 있는 법이란 것을 모르는 이종근이었다.

* * *

며칠간의 시간이 지났다.

병원의 후계자인 이상민도 이종근에 불려가 고함을 들었다.

"이대로라면 너도 끝장이야, 이 바보 같은 녀석아!"

틀린 말은 아니었다. 이종근이 불의의 일로 몰락하면 이상민도 대일병원에 발을 붙이고 있을 수 없는 노릇이니.

"그러니 무슨 수라도 내! 수단 방법을 가리지 않아도 좋아! 알겠어?! 이 바보 같은 녀석아!"

이사장실에서 나온 이상민에게 전화가 걸려왔다.

—이상민 선생님? 수술할 환자분 수술장 입구에 도착했는데

수술장으로 오시겠어요?

"아, 네. 금방 가겠습니다."

오늘은 그가 담낭염 수술을 집도하는 날이었다.

복강경 담낭 절제술.

특별히 어려울 것은 없는 외과에서 가장 기본에 속하는 수술 중 하나였다. 이전 그의 친구 진현은 전공의 저년 차 때 총리의 담낭염 수술을 집도한 적도 있었으니까.

그도 나름의 천재라 불리고 병원의 후계로 꼽히지만 아직 집도할 수 있는 수술은 이런 간단한 종류들밖에 없었다.

재능을 떠나 고난도 수술을 집도하려면 충분한 경험이 필요하다. 이상민뿐 아니라 다른 재능 있는 외과의들도 전공의, 전문의 시절 충분한 경험을 쌓은 후에야 고난도 수술을 집도할 수 있다.

물론 예외가 없는 것은 아니었다.

김진현.

그 재능과 연륜, 경험을 아득히 초월한 천재는 외과의 수술 중에서도 가장 초고난도로 꼽히는 간이식 수술을 수없이 집도하고 있었다.

"수술 시작합니다."

수술복을 갈아입고, 손을 씻고, 장갑을 낀 이상민은 수술을 집도했다. 외과 전공의 한 명과 인턴이 그를 어시스트했고 담낭이 툭 떨어지면서 수술은 별문제 없이 끝났다.

"수고하셨습니다, 선생님."

퍼스트 어시스트를 서던 전공의가 인사를 했고 이상민은 고개를 끄덕였다.

"네, 수고하셨습니다."

환자를 회복실로 뺀 후, 이상민은 탈의실로 돌아왔다.

임상강사, 전문의 탈의실은 교수들과 공동으로 사용하기 때문에 레지던트 시절보다 훨씬 넓고 쾌적했다.

그런데 이상민은 옷을 갈아입던 중 탈의실 구석의 소파에서 익숙한 얼굴을 발견했다.

김진현이었다.

수술복을 입고 있는 진현은 소파 구석에 기대 골아 떨어져 있었다.

"김진현 교수 아니야? 깨워줄까?"

이상민의 옆에서 가운을 챙기던 소아외과 파트의 젊은 교수가 말했다.

하지만 다른 젊은 교수가 고개를 저었다.

"내버려 둬. 응급 간이식이 계속 떠서 며칠째 한숨도 못 잤다던데? 저렇게라도 눈을 붙여야지."

간이식 수술은 밤낮을 가리지 않는 응급 수술이다.

뇌사 환자의 간을 밤이라고 방치할 수도 없고, 간을 받을 간부전 환자도 아침이 될 때까지 기다려 주지 않기 때문이다. 아침까지 기다렸다가 무슨 사단이 날지 모른다.

"하여튼 대단해. 저렇게 어린데 저런 실력이라니."

"그러니까. 내가 부끄러워진다니까. 나이는 내가 훨씬 많은데, 학문 성과나 수술 실력… 모두 비교할 수가 없으니."

"어쨌든 우리는 그만 나가보게. 김 교수 깨겠네."

젊은 교수들은 진현에게 감탄을 토하며 탈의실을 나갔다.

탈의실엔 이상민과 김진현, 둘만이 남게 되었다.

"……."

이상민은 진현을 바라봤다.

피로가 가득한 얼굴의 진현은 누가 건드려도 모를 정도로 깊게 잠들어 있었다.

이상민은 진현에게 천천히 다가갔다. 하필 진현이 잠들어 있는 소파는 탈의실 구석이라 CCTV가 닿지 않는 곳이었고, 이상민은 그 사실을 잘 알고 있었다.

"김진현……."

이상민은 오랜 친구의 이름을 읊조렸다.

둘 사이가 지척으로 좁혀졌으나 진현은 여전히 눈치를 채지 못했다.

"김진현……."

이상민의 시선이 진현의 경동맥에 닿았다.

손만 뻗으면 목에 닿을 거리.

"……."

숨 막힐 것 같은 정적이 흘렀다.

무슨 꿈을 꾸는지 진현의 눈썹이 파르르 떨렸고, 이상민은 말없이 진현을 내려 봤다.

이사장 이종근과 그는 궁지에 몰릴 대로 몰린 상황이다.

끔찍한 범죄를 저질러서라도 김진현을 제거하지 않는 한 풀릴 수 없는 상황.

이상민의 손이 천천히 올라갔다.

늘 습관처럼 가지고 다니는 손톱만 한 칼날이 손끝에서 번뜩였다.

그리고 천천히… 천천히 움직인 그 손은 진현의 경동맥 근처로 향했고, 조금만 움직이면 개미를 눌러 죽이듯 숨을 끊을 거리가 되었다.

그런데 그 순간이었다!

멈칫.

이상민이 뻗던 손을 멈추어 섰다.

그는 복잡한 눈으로 진현을 가만히 바라보더니 손을 내렸다.

"김진현……."

그리고 등을 돌렸다.

그때 낮은 목소리가 이상민을 잡았다.

"왜 그냥 가지? 좋은 기회 아닌가?"

진현이었다.

그가 서슬 퍼런 눈으로 이상민을 노려봤다.

"아아, 깨어 있었어? 아니, 일부러 자는 척한 건가? 어쨌든 피곤할 텐데 좀 더 자."

진현은 피식 웃었다.

"별 걱정을 다해주는군. 왜 그냥 가는 거냐고 물었어."

이상민은 어깨를 으쓱했다.

"글쎄, 무슨 말을 하는지 모르겠군."

"그래."

진현은 소파에서 일어나 이상민에게 다가가 차가운 목소리로 말했다.

"뭐, 어쨌든 좋아. 너같이 미친놈이 무슨 생각을 하고 있는지 알 바 아니니까. 그래도 한 가지는 명심해."

"……."

"네놈이 무슨 수를 쓰려고 해도 이미 늦었어. 이종근과 너. 모두 내가 철저히 몰락시킬 거야. 오래 걸리지 않을 테니 기다리고 있어."

이상민은 미소를 지었다.

"얼마든지."

그 대화를 끝으로 이상민은 탈의실을 나섰다. 진현은 그런 그의 뒷모습을 말없이 노려봤다.

탈의실을 나온 이상민은 다시 한 번 중얼거렸다.

"김진현……."

피식 웃은 그는 중환자실로 향하는 통로를 걸었다.

무채색 통로 끝으로 시선을 옮기니 늘 보이는 환각들이 그에게 비명을 지르며 저주를 퍼부었다.

피에 젖은 그 환각들은 마치 지옥의 한 광경 같았다.

한편 늦은 밤, 못나고 추잡한 인물의 대명사인 이종근은 머리를 쥐어뜯으며 고민하고 있었다.

'리베이트 건은 고영찬이 뒤집어쓸 거니 됐어.'

그는 고영찬을 버림으로써 스스로가 자신의 무덤을 더욱더 깊게 팠다는 사실을 몰랐다.

'하지만 병원 자금 횡령은 어떻게 하지?'

이것도 리베이트 못지않은 큰 죄악이다. 특히 아버지인 이해중 회장의 귀에 들어가면 그날로 끝장이었다.

하지만 아무리 고민해 봐도 방법이 떠오르지 않았다.

'김진현 그놈의 손에 증거가 있는 이상, 아버지의 귀에 들어가는 것은 피할 수가 없어.'

검찰에서 구형받을 형도 문제였다. 워낙 횡령 금액이 커서 관련 법정 최고형을 받을 가능성이 높았다.

'막아야 돼. 무조건!'

김진현의 자료가 이해중과 검찰에 넘어가면 그가 평생을 걸쳐 이룩한 모든 것을 잃게 된다.

이종근은 눈에 핏대를 세우며 고민했다.

'그래도 동생인 동민이에게 부탁을 해볼까?'

그룹의 차기 회장인 이동민이 손을 쓰면 이종근의 죄쯤은 덮어줄 수 있을 거다.

'아니야. 동민이 그놈이 나를 도와줄 리가 없어. 오히려 눈에 불을 켜고 나를 감방에 넣으려고 하겠지. 그러면 다른 형제들은?'

다른 형제들을 떠올렸으나 역시 고개를 저었다.

이동민에게 밀려 그룹 내에서 별다른 영향력도 없었고, 형제가 위기에 빠졌다고 손을 내밀어줄 위인들이 아니다. 오히려 박수를 치며 기뻐하면 기뻐했지.

'제기랄.'

그렇게 뜬눈으로 밤을 새우던 중, 한 가지 사실이 떠올랐다.

'잠깐. 김진현 그놈이 혜미랑 결혼한다고 하지 않았나?'

사실 이혜미와 그는 거의 의절한 것이나 다름없어 부녀간이라 부르기도 민망한 사이였지만 막다른 골목에 몰린 이종근은 그런 사실 따위는 까마득히 잊고 생각했다.

'그래, 혜미를 설득하면 돼. 왜 이 간단한 방법을 못 떠올리고 있었지?'

가장 간단하고 손쉬운 해결책이다.

'혜미는 예전부터 착했으니 내 부탁을 거절하지 않을 거야. 그리고 혜미가 부탁하면 그놈도 한발 물러설 거야.'

그렇게 생각한 그는 날이 밝자마자 이혜미에게 전화를 걸었다.

—뚜우뚜우… 전화를 받지 않아 소리샘으로…….

하지만 아무리 전화를 걸어도 연결을 할 수가 없었다.

처음에는 부재중 통화로만 연결되더니 나중에는 스팸 등록이라도 한 듯 아예 신호가 가질 않았다.

"빌어먹을! 이년은 아비가 전화를 하는데!"

분통을 터뜨린 이종근은 날밤을 새고 병원으로 출근했다.

이종근에게 맞아 한쪽 뺨이 퉁퉁 부운 민 비서가 그를 맞았다.

"민 비서, 이혜미 선생의 스케줄 확인해 봐요."

"이혜미 선생님이요? 그건 왜……?"

이종근은 버럭 화를 냈다.

"아, 시키면 시키는 대로 하지! 뭔 말이 많아! 지금 당장 알아봐!"

초조함과 스트레스가 극에 달해 툭하면 소리를 지르는 이종근이었다.

민 비서가 벌벌 떨며 스케줄을 확인했다.

"오전 8시 30분부터 내시경 스케줄입니다."

이혜미는 4년간의 내과 수련 동안 위암의 대가 최대원 교수와 깊은 연을 맺어 그의 제자가 되었다.

전문의 자격을 취득한 후에는 최대원의 뒤를 따라 소화기내과 분과를 선택했고, 한창 내시경 수련에 열중이었다.

이종근은 8시 30분이 되자마자 내시경실로 직접 내려갔다.

"아니, 이사장님?! 여기는 무슨 일로?"

난데없는 이사장의 행차에 내시경실 책임 운영자가 헐레벌떡 뛰어나왔다.

"이혜미는?"

"네?"

"이혜미 선생은 어디에 있냐고!"

이사장의 고함에 책임 운영자는 허겁지겁 스케줄 표를 확인했다.

"2··· 21번 방에서 내시경 중입니다. 그런데 이혜미 선생은 어째서……?"

하지만 이종근은 대꾸도 하지 않고 발걸음을 옮겼다.

드륵.

거칠게 21번 방문을 여니 가냘픈 몸을 가진 혜미가 파란 가운을 걸친 채 환자의 위 안에서 내시경 스코프(Scope)를 움직이고 있었다.

혜미를 어시스트하던 내시경 간호사가 놀라 이종근을 바라봤다.

"이, 이사장님? 여긴 어떻게?"

이사장이란 말에 내시경을 하는 혜미의 눈이 살짝 커졌다.

하지만 그뿐. 혜미는 내시경 화면에서 시선을 거두지 않았다.

"이혜미."

이종근이 딸을 불렀다.

하지만 묵묵부답.

오히려 혜미는 비수면 내시경을 받는 환자에게 친절하게 설명하였다.

"환자분, 깊숙이 들어가니 놀라지 마세요. 트림하면 위험하니 조심하시고요."

자신은 신경도 쓰지 않는 모습에 이종근이 이를 갈았다.

'이년이!'

당장에라도 고함을 지르고 싶었지만 부탁을 해야 하는 처지라 간신히 화를 억누르고 최대한 부드럽게 말했다.

"혜미야, 아비다."

아비.

그 단어에 이혜미의 눈썹이 꿈틀했다. 그러나 그녀는 여전히 내시경에 집중했다. 기저부를 보기 위해 내시경 스코프를 비틀며 환자에게 차분히 말했다.

"이 부분은 좀 불편합니다. 그러니 놀라지 마세요."

가냘픈 몸에 내시경과 전혀 어울리지 않은 인상임에도 그녀의 솜씨는 보통이 아니었다. 비수면 내시경임에도 능숙한 움직임, 친절한 설명에 환자는 전혀 힘들어하지 않았다.

"이혜미, 할 말이 있어서 왔다."

이종근이 다시 한 번 딸을 불렀다. 하지만 혜미는 대꾸하지 않고 어시스트하는 간호사를 돌아왔다.

"EGC(조기 위암) 의심 소견이에요. 조직 검사 할 테니 포셉 주세요."

간호사는 이사장의 눈치를 살폈다. 부드러운 말투와 다르게 이사장의 얼굴은 폭발하기 직전이었다.

"선생님… 저기 이사장님이 기다리시는데……."

혜미는 못 들은 듯 차분히 말했다.

"내시경 검사 중입니다. 조직 검사 포셉(Biopsy forcep) 주세요."

간호사는 불안한 마음으로 이사장의 눈치를 보며 기다란 포셉을 건넸다.

쓱쓱.

장갑을 낀 하얀 손이 철제 포셉을 내시경 스코프 안으로 밀어 넣었다.

"조직 검사합니다. 오픈(Open)해 주세요."

날카로운 집게발이 조기 위암 의심 병변을 앞에 두고 입을 열었다.

"클로즈(Close). 잡아주세요. 하나 더 합니다."

결국 이종근이 참지 못하고 폭발했다.

"이혜미! 도대체 뭐 하자는 거냐?! 지금 장난해?!"

그 발작적인 외침에 간호사와 비수면 내시경을 받던 환자가 깜짝 놀랐다. 마스크 안으로 혜미는 작게 한숨을 내쉬었다.

"검사 중이에요. 목소리를 낮춰주세요."

"뭐?!"

"그리고 관계자 외에는 검사실에 들어올 수 없는데, 어떻게 들어오신 거죠? 검사에 방해되니 나가주세요."

이종근은 화가 머리끝까지 치솟았다. 그래도 필사적인 의지로 다시 한 번 화를 누르며 입을 열었다. 하지만 목소리가 부들부들 떨렸다.

"혜미야, 이 아비가 할 말이 있다. 검사는 멈추고 따라와 봐라."

"저는 당신과 할 말이 없어요. 검사에 방해되니 이만 나가주세요."

"혜미야!"

혜미는 간호사를 돌아보았다.

"선생님, 검사에 방해되니 외부인은 밖에 나갈 수 있게 해주세요."

간호사는 이러지도 못하고 난처한 얼굴로 서로를 바라봤다.

이종근이 또다시 폭발했다.

"이혜미! 그깟 내시경 검사가 뭐가 중요하다고! 당장 일어나!"

그 말에 내시경을 움직이는 혜미의 손이 일순 멈췄다.

"그깟 검사라고요?"

"그래! 그깟……."

"이 환자분은 지금 조직 검사 결과에 따라 평생이 달라질 수도 있어요. 한 사람의 일생이 걸려 있는데 그깟 내시경 검사라고요? 그게 한때 의사 가운을 입었던 사람이 할 말인가요?"

"……!"

이종근의 얼굴이 화악 달아올랐다.

"나가주세요. 검사에 집중해야 하니."

결국 이종근은 맥없이 쫓겨나 내시경실 밖에서 혜미의 검사가 끝나길 기다렸다.

'빌어먹을! 빌어먹을!'

이렇게 밖에서 딸의 내시경이 끝나길 기다리니 비루한 기분이 들며 분노가 솟구쳤다. 내시경실의 모두가 그를 힐끗힐끗 바라보는 게 분노를 더 돋우었다.

'참자. 지금은 참아야 해.'

이종근은 억지 미소를 지으려 애썼지만 도저히 참을 수 없어 다시 일어났다. 내시경 검사가 끝났는데 이혜미의 검사 방에 새로운 환자가 입실하더니 다시 검사를 시작한 것이다.

자신을 신경도 쓰지 않는 모습.

결국 이종근은 이를 갈며 내시경 방문을 열었다.

"이혜미! 지금 도대체 뭐 하는 거냐? 내가 할 말이 있다 했잖아!"

"전 할 말 없어요. 그리고 이 환자분들은 두 달도 전부터 전에 예약을 해서 기다리던 분들이니 나가주세요. 검사에 집중이 안 되니."

보아하니 이혜미는 그를 상대할 생각도 없는 듯했다.

이종근은 성큼성큼 그녀에게 다가가 거칠게 팔을 낚아챘다.

"꺄악! 뭐 하는 거예요?!"

탕!

고가의 내시경 스코프가 바닥에 떨어졌다.

"이혜미! 너한테 할 말이 있다고!"

희번덕 치켜 뜬 그의 눈에 혜미의 얼굴에 일순 공포가 스쳤다. 어릴 적 그녀를 학대할 때 이종근의 눈빛이 항상 저랬다.

"이리로 와!"

"꺄악! 놔요!"

이종근은 거친 힘으로 그녀를 내시경실 내 VIP실로 이끌었다. 주변을 관리하던 이들은 둘의 분위기에 놀라 허겁지겁 자리를 비켰다.

"놔, 놔요."

혜미가 입술을 깨물며 말했다.

그녀는 어머니가 자살한 후 이종근의 모진 학대를 받았다.

할아버지가 그 사실을 깨닫고 개입한 후에는 학대에서 벗어났지만 그때의 트라우마가 없어진 것은 아니다.

"크음, 흠."

이종근은 그녀의 눈빛에 자신의 잘못을 깨달았다. 부탁을 해야 하는 처지에 이렇게 강압적으로 행동하다니. 하지만 너무 화가 나 참을 수가 없었다.

스트레스 때문일까?

두통도 그렇고, 원래도 참을성이 없는 성격이었지만 최근에는 더욱더 감정을 조절하기가 어려웠다. 마치 감정을 조절하는 전두엽에 이상이라도 생긴 것 같았다.

이종근은 최대한 친절한 어조로 말했다.

"방금 일은 미안하구나. 꼭 할 말이 있어서 그랬단다. 내시경 검사하는 것은 힘들진 않고?"

갑작스레 친절한 말투로 말하니 우습기 그지없었다.

혜미는 시선을 피했다.

"무슨 할 말인데요? 당신과 오래 이야기하고 싶지 않아요. 빨리 이야기해 주세요."

"크흠! 너와 결혼할 김진현 때문이다."

그 말에 혜미는 입술을 깨물었다.

"진현이는 왜요?"

"너는 그놈이 나한테 얼마 전 무슨 말을 했는지 아니?"

당연히 안다.

그때 진현은 혜미에게 허락을 구한 후 이종근에게 통보하러 갔던 것이니까.

이종근은 이를 갈았다.

"그래도 내가 네 아버지고, 그놈의 장인 될 몸인데 그딴 말버릇이라니!"

"……."

"그래서 하는 부탁인데… 네가 김진현에게 말을 잘해줬으면 하는구나. 결혼할 사이이니 김진현도 네 말을 따를 것이야."

"…무슨 말이요?"

"크흠! 무슨 말이긴. 그… 너도 알지 않느냐?"

자신의 입으로 스스로의 죄악을 열거하기 민망했는지, 이종근은 말끝을 흐렸다. 그런데 그가 근본적으로 착각하는 것이 있었다.

"제가 왜요?"

이혜미는 그의 편이 아니란 것이다.
"뭐?"
"제가 왜 당신을 위해 그래야 하죠?"
"그, 그거야 당연히… 넌 내 딸이고……."
"내가 당신의 딸이라서요?"
이혜미는 헛웃음을 터뜨렸다.
황당하다 못해 화가 났다.
"…전혀 기억하지 못하나 보군요. 당신이 저에게 어떤 일들을 저질렀는지. 하긴, 당신한테는 별것도 아닌 일이었을 테니까요."
너무나 화가 나 눈물이 날 것 같아 혜미는 VIP실 문을 잡았다. 일 초라도 더 그와 같이 있고 싶지 않았다.
"잠깐!"
하지만 그녀는 VIP실을 나가지 못했다. 이종근이 그녀의 손목을 잡은 것이다.
"놔요."
"고작 어릴 때 몇 번 때린 것 때문에 그런 것이냐? 그래도 난 너를 낳은 아비야. 다 지난 옛날 일 때문에 너무하는 것 아니냐?"
그 파렴치한 말에 그녀의 몸이 떨렸다.
"때린 거요?"
"그래, 그때 일은 내가 미안하다."
"그래요. 사실 그건 별일 아니죠. 다 지난 일이기도 하고."
그래, 어렸을 적 가정폭력 따위 그게 뭐라고. 몸에 새겨진 흉터 따위 남이 보는 것도 아니고.

하지만 그녀의 한은 고작 그런 것 때문이 아니었다.

"어머니는요?"

"뭐?"

그녀는 입술을 깨물었다. 안 그러려 했지만… 바보같이 목소리가 떨렸다.

"당신 때문에 자살한 제 어머니는요?"

이종근과 결혼한 그녀의 어머니는 그의 여성편력과 가정폭력 때문에 지독한 우울증에 시달렸다.

—혜미야. 사랑하는 내 딸.

지금도 어릴 적, 깊은 괴로움이 가득한 어머니의 목소리가 생생히 떠올랐다.

그렇게 딸만 바라보며 하루하루를 버티던 어머니는 시간이 지날수록 생기를 잃었고, 결국 이종근이 이상민과 술집 여자인 그의 어머니를 집에까지 끌어들여 바람을 피우자 극단적 선택을 하였다.

—엄마? 엄마? 뭐해? 응? 엄마?

그게 어머니의 마지막 모습이었다. 어린 그녀가 매달렸지만 차갑게 식은 어머니는 아무런 대답이 없었다.

그런데 그때 이종근이 말했다.

"네 엄마? 그걸 왜 나한테 말하는 거냐? 네 엄마는 우울증 때문에 자살했잖아."

자신의 잘못이라고는 전혀 생각 않는 목소리.

가슴속엔 천불이 났지만 혜미는 헛웃음을 지을 뿐이었다.

'원래 이런 사람이니까. 됐어.'

그래도 아비라고 어떻게든 용서하려고 노력하며 오랜 시간을 같이 보냈다. 배다른 오빠인 이범수가 그런 그녀를 정신적으로 지탱해 주었지만 그마저 이상민 때문에 고혼이 되어버렸다.

혈육에 대한 정은 이범수의 죽음이 이상민 때문이란 것을 깨닫고, 이종근이 그 사실을 자신의 욕심 때문에 외면하려고 할 때 바닥나 버렸다.

"이만 나가보겠어요. 더 이상 만나고 싶지도 않으니 저를 찾지 마세요."

혜미는 문을 열려 하였고, 이종근은 다시 그녀를 잡았다.

"못 나가."

"놔요."

"못 나간다고, 이혜미! 난 네 아비야! 아비라고! 딸이면 딸의 도리를 다해! 당장 가서 김진현, 그 개자식을 설득하라고!"

이종근의 목소리가 점차 높아졌다.

자신의 모든 것을 잃을 위기인 이종근은 미치기 일보직전의 심정이었다.

"저와는 상관없는 일이에요. 할 말이 있으면 진현에게 직접 이야기하세요."

"이이……!"

완고한 그녀의 태도에 이종근은 결국 이성의 끈이 끊겼다.

"이년이 정말! 보자 보자 하니까 아비한테! 죽고 싶어?!"

"꺄악!"

이종근이 손을 번쩍 들어 이혜미의 따귀를 날리려고 하였다.

그런데 그 순간이었다!

분노에 찬 음성과 함께 VIP실의 문이 드르륵 열렸다.

"이게 뭐 하는 짓입니까, 이사장님?"

김진현이었다.

그는 지독히도 차가운 얼굴로 이종근을 노려보았다.

"네, 네가… 여기에 어떻게?"

진현은 우연히 이곳에 온 것이 아니라 다급한 사정을 목격한 혜미의 동료에게 연락을 받고 온 것이다.

"지금 뭐 하는 짓이냐고 물었습니다, 이사장님."

"이……! 딸과 이야기 중이었다. 네놈이 무슨 상관이야?!"

"그렇습니까?"

"그래, 그러니 네놈은 당장 꺼져!"

"당신은 딸과의 대화를 폭력으로 하나 보군요. 이전에도 항상 이런 식이었던 겁니까?"

진현의 눈에 섬뜩한 분노가 휘몰아쳤다. 그 강렬한 눈길에 이종근은 움찔 주춤했다.

'인간 말종…….'

진현은 이를 갈았다.

이종근은 지금까지 그가 만난 인간 중 가장 한심하고 혐오스러운 사람이었다.

"진현아, 그냥 가자. 더 이야기하고 싶지 않아."

혜미가 진현의 손을 이끌었다.

진현은 고개를 끄덕였다.

"그래, 가자. 여기서 이럴 필요 없지."

그리고 그는 이종근에게 말했다.

"원래는 일주일의 시간을 드리려 했습니다. 하지만 오늘 모습을 보니 굳이 그런 시간이 필요하진 않을 것 같군요."

"……!"

"기다리십시오. 조만간 연락이 올 것입니다."

이종근이 비명을 지르듯 진현을 불렀다.

"자, 잠깐! 잠깐만! 김 선생! 안 돼! 잠시만 기다려!"

하지만 진현은 듣지 않았다.

이제 오랜 죄의 대가를 치를 때였다.

곧 이사장실로 불청객이 들이닥쳤다.

민 비서가 놀라 그들을 막았다.

"무슨 일이죠? 여기는 외부인이 들어올 수 없는 곳이에요. 나가주세요."

거친 인상의 사내가 가만히 무언가를 들어 올렸다.

"……!"

그것을 본 민 비서의 얼굴이 하얘졌다.

경찰 배지였다!

"경찰입니다. 이종근 이사장을 연행하러 왔습니다."

"가, 갑자기… 무슨……."

민 비서는 말을 더듬었다.

거친 인상의 사내, 김철우는 그녀를 지나쳐 벌컥 이사장실의 문을 열었다. 반쪽이 된 얼굴의 이종근이 벌떡 일어나 외쳤다.

"당신들 뭐야?!"

"경찰입니다."

"경찰?! 여기가 감히 어디라고?! 당신들 제정신이야?!"

"이종근 이사장, 당신을 리베이트, 병원 공금 횡령, 뇌물 수수……."

김철우의 입에서 이종근의 죄목이 술술 흘러나왔다. 김진현의 자료가 정말로 검찰로 넘어간 것이다.

이종근은 급히 말을 끊었다.

"닥쳐! 고작 그따위 것들로! 내가 누군지 알아?!"

"알지."

"나 대일 그룹의 이해중 회장의 아들이야! 나한테 이러고도 너희들 말단 경찰들이 무사할 것 같아……?!"

"당신이 천하의 죽일 놈은 것은 알지."

"…뭐?"

이종근의 얼굴이 멍청해졌다.

갑자기 그게 무슨?

김철우가 와락 인상을 구겼다.

"다 알고 왔어. 쓰레기 같은 자식."

"그게 무슨 말도 안 되는! 무고한 사람을……!"

그런데 그때 힘없는 목소리가 들려왔다.

"늦었습니다, 이사장님."

"…고영찬 교수!"

"제가 다 자백했습니다."

십 년은 늙은 듯한 얼굴, 고영찬이었다.

"이전 김진현을 곤란에 빠뜨리기 위해 했던 여러 일들… 모두 제가 자백했습니다. 특히 환자가 죽음에 이를 수도 있는데 일부러 방치하도록 했던 일들은 다행히 김진현 선생 덕분에 환자에게 아무런 일도 생기지 않았지만… 그것도 용서받지 못할 중죄입니다. 이제 포기하십시오."

"너, 너……!"

이종근이 손을 부르르 떨었으나 고영찬은 그저 허무한 표정을 지을 뿐이었다. 지난 삶의 모든 것이 덧없었다.

"고영찬 이 자식아……!"

그런데 거친 인상의 경찰, 김철우가 저벅저벅 이종근에게 다가왔다. 가라앉은 눈빛이 서슬 퍼랬다.

흠칫 놀란 이종근이 뒤로 주춤 물러섰다.

"뭐, 뭐야… 이놈아!"

김철우가 와락 이종근의 멱살을 잡았다.

"그만 짖어, 이 개자식아. 지금이라도 묻어버리고 싶은 것 간신히 참고 있으니까."

이종근은 모르고 있었지만, 과거 김철우의 아버지는 대동맥 파열로 응급실에 왔을 때 이종근의 수작으로 죽을 뻔했다. 김진현이 아니었으면 무조건 죽었을 것이다.

김철우가 으르렁거렸다.

"대일 그룹? 웃기지 마. 넌 평생 감방에서 썩을 거야. 내가 무조건 그렇게 만들 테니 각오해, 이 개자식아."

* * *

이종근의 죄악은 한남동 이해중과 이동민에게도 전달되었다.

이해중은 침통한 얼굴을 했다.

"이게 정말인가?"

김진현은 무거운 표정으로 고개를 끄덕였다.

"전부 사실입니다. 죄송합니다."

"아니, 자네가 죄송할 것은 없지. 하… 아무리 못나도… 하……."

이해중은 헛웃음을 터뜨렸다. 아들의 죄악에 말이 안 나오는 듯했다.

"미안하네. 내가 마음을 정리할 시간이 필요하니 오늘은 이만 가주겠나?"

"네, 심려를 끼쳐드려 죄송합니다."

김진현은 조용히 한남동 저택을 떠났고, 이해중은 분통을 터뜨렸다.

"이종근! 이놈이 기어코!"

못나고 못난 아들이어도 그래도 혈육이니까 계속해서 감쌌다. 핏줄의 정을 못 이겨 자격이 안 됨에도 대일병원을 계속 맡겼건만… 결국!

진현이 떠난 후 곧 후계자 이동민이 이해중의 저택에 도착했다.

"그래, 동민아. 네 형 이종근이……."

이동민도 모든 것을 알고 있었다.

검찰에서 연락을 받은 것이다.

"종근이 형이 경찰에 연행되었습니다. 죄목은 리베이트, 병원 공금 횡령, 뇌물 수수라 합니다."

이해중은 앉은 자리에서 비틀거렸다. 이동민이 급히 아버지를 부축했다.

"아, 아버지!"

이해중 회장은 이를 갈았다.

"이종근, 내 이 자식을……!"

*　　*　　*

구치소에 수감된 이종근은 고래고래 고함을 질렀다.

"내가 누군지 알아, 이 자식들아?! 죽고 싶어? 나중에 후회하기 전에 빨리 이것 안 열어?!"

그 소란에 옆에 앉아 있던 누군가 차갑게 말했다.

"아, 거참. 조용히 합시다."

"뭐?!"

"조용히 하라고, 이 새끼야. 피곤한데 더 시끄럽게 하면 죽여 버린다."

섬뜩한 욕설에 이종근은 흠칫 기가 죽었다. 말을 뱉은 사내는 이마 한가운데 커다란 흉터가 있는 것이 사람 몇쯤은 담가본 듯한 인상이었다.

'빌어먹을. 내가 나가기만 하면……!'

구치소에 수감되었지만 이종근은 희망의 끈을 놓지 않았다.

아무리 큰 죄를 저질렀어도, 자신은 대(大)대일 가문의 적통이다. 가문 내에서 미움받는다고는 해도 정이 많은 아버지가 자신을 버릴 리가 없다.

'유전무죄, 무전유죄야. 다 덮을 수 있어.'

대한민국 경제계를 넘어 정계, 법조계에도 지배적 영향력을 행사하는 대일 그룹의 힘이면 아무리 큰 죄라도 흐지부지 없앨 수 있었다.

과연 얼마 지나지 않아 기다리던 얼굴이 나타났다.

"동민아!"

이종근이 반가운 목소리로 외쳤다.

"잘 왔다. 왜 이렇게 늦게 왔어? 빨리 이 형의 억울함을 풀어다오."

그런데 이동민의 표정은 지극히 차가웠다.

"억울함을 풀어달라고요? 무슨 억울함을 말입니까?"

"도, 동민아?"

"아버지가 이번 일로 얼마나 상심하셨는지 아십니까? 아들로 태어나서 효도는커녕 평생 동안 아버지의 속만 썩이더니, 또 이런 짓을……."

경멸이 가득한 목소리였다.

이해중과 이동민은 일이 터지자마자 따로 진상을 조사했고, 모든 것이 한 치의 거짓도 없는 사실임을 알게 되었다.

리베이트, 병원 공금 횡령, 뇌물 수수뿐이 아니다. 이종근이 김진현을 음해하기 위해 벌였던 수작들도 샅샅이 드러났다.

"아버지가 손녀사위가 될 김진현 선생께 뭐라고 말했는지 아십니까? 아들을 못나게 키워 죄송하다고 했습니다."

"도, 동민아. 나는……!"

뜻대로 풀리지 않는 분위기에 이종근은 말을 더듬었다. 이동민은 한쪽 입꼬리를 들어 올렸다.

"형님은 더도 덜도 말고 법대로 심판을 받을 것입니다."

그 말을 끝으로 이동민은 등을 돌려 사라졌다.

"동민아! 이동민! 거기 멈춰! 이동민!"

부질없는 부르짖음이었다.

*　　　*　　　*

대일병원 이사장의 비리!

대한민국 전체를 뒤흔들 이슈였지만 언론은 침묵했다. 이미지 하락을 걱정한 대일 그룹의 언론 통제 때문이었다. 대신 이종근의 재판은 신속히 이루어졌다.

"피고의 죄는……."

검사가 이종근의 죄목을 조목조목 설명하였다. 지난 삶을 반영하듯 죄목은 참으로 많았다.

재판장엔 김진현과 이동민이 참석했고, 딸 혜미는 참석하지 않았다. 검사의 설명을 들은 판사는 무표정한 얼굴로 이종근을 쳐다봤다.

5장

병원장

변호사가 이리저리 변호했지만, 명백히 드러난 죄여서 참작의 여지가 없었다. 판사는 망치를 두드리며 판결을 내렸다.

"피고 이종근에게 5년의 징역을 선고한다."

이종근의 눈이 크게 흔들렸다 다시 가라앉았다.

'이렇게 끝나는군.'

진현은 피고석에 앉은 이종근을 바라봤다.

넋이 나간 그의 얼굴은 이미 영혼이 떠난 듯 생기가 없었다.

징역 5년보다 그가 지금껏 이룬 모든 것을 잃었다는 정신적 타격이 클 터였다. 부, 명예, 권력. 이제 그의 손에는 아무것도 남아 있지 않았다.

판결을 들은 진현은 자리에서 일어났다.

이동민이 김진현에게 다가왔다.

"가지, 김 선생."

"네."

"대일병원의 일로 상의할 게 있는데 조만간 한남동으로 와줄 수 있나?"

"네, 그렇게 하겠습니다."

대화를 나누며 재판장을 빠져나가려 하는데, 이종근과 복도에서 마주쳤다.

"……!"

수갑을 찬 채 경찰에 붙들려 있던 이종근의 눈이 김진현을 보고 갑자기 번뜩였다.

"너, 너……! 김진현!"

방금 전까지 죽어가던 것과는 전혀 다른 모습.

이종근은 바득 이를 갈았다.

저놈 때문이다!

김진현, 저놈 때문에 자신의 인생이 이렇게 망해 버렸다!

"거참, 가만히 있지 못해!"

경찰들이 이종근을 붙들었으나 놀라운 일이 일어났다.

분노가 극에 달한 이종근이 어디서 온 힘인지, 놀라운 괴력으로 경찰을 뿌리치더니 수갑을 찬 채로 진현에게 달려든 것이다.

"죽여 버리겠다, 김진현!"

예상치 못한 돌진에 진현은 이종근의 손에 목을 내주었다.

"컥!"

"죽어! 죽으라고!"

경찰들과 이동민이 깜짝 놀라 달려들었으나 이종근은 진현의 목을 놓지 않았다.
비뚤어진 분노로 몸의 잠재된 힘을 모두 끌어낸 것인지 요지부동이었고, 진현의 얼굴이 하얗게 질렸다.
"놔! 이게 뭐 하는 짓이야! 놓으라고! 이 미친놈아!"
경찰이 달려들수록 이종근의 얼굴에는 핏대가 섰다.
"죽어! 죽어!"
그런데 그때였다.
"아……?"
이종근이 돌연 신음을 흘리더니 머리를 감싸 쥐었다.
"아, 아……."
손이 부들부들 떨렸고, 전신에 땀에 젖어 들며 얼굴은 창백하게 질려갔다.
"뭐 하는 거야, 이놈이?!"
경찰이 거칠게 제압하려는데 이종근의 몸이 휘청하더니 털썩 쓰러져 버렸다.
"이게 어디서 꾀병을?! 꾀병 부리지 말고 일어나! 당장!"
경찰들이 이종근의 몸을 흔들었으나 요지부동이었다. 오히려 벌린 입에서 거품이 흘러나왔고, 전신이 파르르 경련하듯 흔들렸다.
진현이 굳은 얼굴로 이종근을 살폈다.
'동공이!'
동공이 풀려 있는 게 정신적 충격으로 인한 단순한 실신이 아니라 머리, 뇌 쪽에 갑작스레 문제가 생긴 것이 분명했다.
"빨리 병원으로 옮겨야 할 것 같습니다. 머리 쪽에 문제가 생긴 듯합니다."

대일병원에 도착해 검사를 해보니 뇌경색이었다.

그것도 뇌종양에 동반된 출혈성 경색.

"원래부터 감정 억제를 조절하는 전두엽 쪽에 뇌종양이 있었는데, 이번에 출혈성 경색을 일으켰습니다. 뇌내압이 높고(IICP), 범위가 커서 당장 대뇌 절제술을 시행하지 않으면 목숨을 잃을 것입니다."

그렇게 이종근은 대뇌절제술을 받았고, 목숨은 건졌으나 눈을 깜빡거리는 것 외에는 손가락 하나 못 움직이는 전신마비 상태가 되어버렸다.

'사람의 욕심이란 참으로 덧없군.'

진현은 중환자실에 누워 있는 이종근을 보며 생각했다.

일평생 추악한 욕심을 위해 살아왔는데, 손가락 하나 못 움직이게 되는 처지가 되다니.

사형, 무기징역보다 더 끔찍한 최후가 아닐 수 없었다.

'인과응보라 해야 할지, 하늘의 벌이라 해야 할지.'

진현은 고개를 저었다.

한 가지 확실한 것은 있었다. 이종근, 그는 일평생 저지른 죄의 대가를 치르게 되었다.

그것도 누구보다 비참하게.

욕심이란 참으로 덧없었다.

*　*　*

얼마간의 시간이 지난 후, 진현은 남산에 위치한 국내 최고의 특급 호텔로 자동차를 몰았다.

"김진현 선생님이십니까?"

차에서 내리자마자 미리 연락을 받은 것인지 나이 지긋한 호텔의 책임자로 보이는 남자가 진현을 맞이했다.

"아, 네."

"어서 오십시오. 저희 호텔에 방문해 주셔서 감사합니다."

마치 극빈이라도 맞는 듯한 예의였다.

진현은 민망한 마음이 들었으나 어쩔 수 없는 일이었다.

이곳은 대일 그룹에서 운영하는 국내 최고의 특급 호텔이었고, 그는 그룹 회장의 은인이자 손녀사위가 될 몸이었으니까.

"사장님께서 먼저 도착해 기다리고 계십니다."

그 말에 진현은 시계를 봤다. 특별히 늦은 것은 아닌데 먼저 도착한 듯했다.

"이쪽으로 오십시오."

호텔 책임자는 진현을 극진한 태도로 안내했다.

VIP만 이용하는 전용 엘리베이터에 탑승 후 잠시 기다리자 서울의 야경이 한눈에 들어오는 스카이라운지가 나타났다.

서울의 밤빛을 보며 칵테일을 마시던 중년 남자가 기척을 느끼고 웃음을 지었다.

"어서 오게, 김 선생. 며칠간 잘 지냈나?"

"네."

진현은 남자, 이동민에게 고개를 숙였다.

"이리 와서 앉게. 혜미는?"

"컨디션이 좋지 않아 쉬고 있습니다."

"컨디션이?"

"네."

이동민은 짐작한다는 듯 고개를 끄덕였다.

"그래, 심란하긴 하겠지. 아무리 못났어도 아비가 그렇게 됐으니. 착한 아이니 더 그럴 거야."

진현은 쓴웃음을 지었다.

이동민의 말대로였다.

부녀의 연을 끊고 원망만 가득 아버지였지만… 사람의 마음이 그렇게 간단한 것이 아니라 편할 수는 없었다.

"어쩔 수 없지. 하지만 난 형님이 죗값을 받은 것이라 생각해."

반면 이종근을 원수처럼 여기던 이동민은 한 치의 흔들림도 없어 보였다.

"자네도 너무 신경 쓰지 말게. 하필 그때 쓰러졌던 것도 형님의 잘못이니까."

"네, 감사합니다."

"술이나 한 잔 받지."

진현은 이동민이 따라주는 위스키를 스트레이트로 쭈욱 들이켰다.

"식사는 했나?"

"병원에서 간단히 샌드위치 먹었습니다."

"샌드위치가 뭔가? 잘 먹고 다녀야지. 앞으로 큰일을 해야 하는데."

"큰일이요?"

진현은 의아한 표정을 지었다.

"그래, 큰일."

"그게 무슨 말입니까?"

이동민은 빙긋 웃더니 다시 술을 따랐고 황금빛 위스키가 기다랗게 찰랑거렸다.

"김 선생."

"네."

"내가 왜 오늘 자네를 보자고 한지 짐작하나?"

"잘 모르겠습니다."

"스카우트 제의를 하려고."

진현은 고개를 갸웃했다.

갑자기 스카우트 제의라니?

"종근이 형이 그렇게 된 것은 하늘의 벌이라 생각하지만… 대일병원이 곤란하게 됐네. 종근이 형을 대신해 누군가 병원을 맡아줘야 하는데… 당장 마땅한 사람이 없거든."

이동민은 술을 한 잔 들이켜고 말을 이었다.

"그래서 그러는데… 자네가 우리 대일병원을 맡아줄 수는 없겠나?"

"……!"

진현의 눈이 커졌다.

나보고 대일병원을 맡아달라고?

"지금 그 말씀은……."

"자네가 이해한 대로야. 우린 자네가 대일병원을 맡아줬으면 좋겠네."

진현은 지금 이동민이 농담을 하나 싶었다.

대일병원이 무슨 동네병원도 아니고, 자신처럼 어린 사람에게 맡기려 하다니?

하지만 이동민은 농담을 하는 것이 아니었다.

"참고로 이건 나 혼자만의 의견이 아니야. 아버지도 기꺼이 찬성한 일이네. 우린 자네가 대일병원을 맡아줬으면 좋겠어."

"하지만… 제가 국내에서 가장 큰 규모의 병원장이 되기엔……."

진현은 말끝을 흐렸다. 좋고 싫고를 떠나서 자신은 병원장에 적합하지 않다는 생각이 들었다.

"왜? 우린 자네만큼 적합한 사람이 없다고 생각하는데?"

"……?"

"누구보다도 뛰어난 실력, 세계를 울리는 학문적 성과, 더구나 이제 조만간 결혼식만 올리면 우리 가문의 사람도 될 거고."

"하지만 전 너무 어립니다."

"물론 자네 나이가 지나치게 어리단 점이 걸리긴 하지만 그것 빼고는 모든 면에서 완벽하지 않은가?"

이동민도 진현의 나이가 걸리긴 했으나 그거야 시간이 지나면서 극복될 문제이다.

"그리고 무엇보다 자네는 외모 말고는 그 나이대로 보이지가 않아. 나이 많은, 연륜 깊은 의사를 보는 것 같네. 이건 내 생각만은 아니야."

모르고 한 말이겠지만 정확한 지적이었다. 실제로 회귀 이전의 삶까지 포함하면 진현의 나이는 현재 대형병원 병원장들에 비해 적지 않았으니까.

"그래도 제가 부각을 드러냈던 분야는 의술과 학문적인 부분이지 병원 경영이 아닙니다."

진현이 거듭 거절했으나 이동민도 만만치 않았다.

"자네가 뭘 모르는구만. 대일병원 같은 경우엔 경영을 서포트하기 전문 경영진이 따로 있어. 자네가 할 일은 세세한 병원 운영이 아니라 의학적 식견과 비전으로 큰 방향을 제시하는 것이야."

하지만 진현은 고개를 저었다. 아무리 그렇다 해도 이건 좀 아니었다.

"죄송합니다. 그래도 너무 갑작스럽습니다. 세인트 죠셉 병원과의 계약도 제 마음대로 엎을 수 있는 것도 아니고요. 일단 세인트 죠셉에서 경험을 쌓으며 대일병원을 맡는 일은 차차 고민해 보도록 하겠습니다."

그 말에 이동민은 아쉬운 표정을 지었다.

"우린 자네가 그냥 맡아줬으면 좋겠는데. 이종근 형님이 이렇게 되어서 당장 병원을 맡을 사람도 없고. 그렇다고 혜미한테 맡길 수도 없는 노릇이고."

진현이야 세계적 명망을 가진 의학자로 대일병원의 대표가 될 자격이 있었지만 혜미는 상황이 달랐다.

그저 뛰어난 수재일 뿐 상대적으로 평범한 그녀가 대일가문의 일원이란 이유만으로 대일병원을 맡으면 반발이 보통이 아닐 것이다.

어린데다가 여자라는 점도 큰 단점이었고.

이동민이 워낙 아쉬워해 진현은 이렇게 말했다.

"차후 좀 더 경험이 쌓이면 진지하게 고려해 보도록 하겠습니다."

"그러면 당장 대일병원은 누가 맡지? 가문 내에서는 맡을 사람이 없는데."

대일병원을 탐내는 사람은 많지만 막상 능력이 되는 사람은 없었다.

"추천할 분이 있긴 합니다."

"누구인가?"

"현재 대일병원에서 일하고 계신데 누구보다도 환자에게 헌신적이고, 대일병원을 위해 일하실 분입니다."

그 말에 이동민은 반가운 표정을 지었다. 다른 사람도 아닌 김진현의 추천이니 믿을 수 있었다. 가문의 사람이 아니란 점이 걸리긴 했지만 당장은 어쩔 수 없는 일이다.

이동민은 다시 물었다.

"빨리 말해보게. 누구인가?"

진현은 짧게 답했다.

"간이식의 대가, 강민철 교수님입니다."

* * *

이사장 이종근의 불의의 사건 이후로 대일병원에 폭풍 같은 변화가 몰아쳤다.

무엇보다 가장 큰 변화는 병원의 장이 바뀌었단 것이다.

"크흠, 이거 잘 어울리나 모르겠군."

강민철은 몸에 꽉 끼는 양복에 불편한 표정을 지었다.

평생을 수술복에 와이셔츠만 적당히 입던 그는 이런 잘 차린 정장이 불편했으나 어쩔 수 없었다.

오늘은 임직원들 앞에서 병원장 취임 연설을 하는 날이니까.

"잘 어울리십니다. 병원장이 되신 것 다시 한 번 축하드립니다."

진현은 웃으며 말했다.

강민철은 투덜거렸다.

"아, 몰라. 나는 그냥 수술이나 하는 게 어울리는데 병원장이라니. 몇 년 만 하고 자네한테 넘길 테니 그렇게 알아."

진현은 애매한 표정만 지을 뿐이었다.

'강민철 교수님만큼 적격인 사람이 없지.'

실력이면 실력, 연륜이면 연륜, 환자를 위하는 마음이면 마음, 병원을 위한 헌신… 뭐 하나 빠지는 것이 없었다.

"시간 됐습니다. 대강당으로 가시죠, 교수님. 다들 기다리고 있습니다."

유영수 교수가 함박웃음을 지으며 말했다.

강민철은 다시 한 번 투덜거렸다.

"자네는 뭘 그렇게 웃나?"

"좋은 날인데 웃어야죠. 이런 날 안 웃으면 언제 웃습니까?"

"그래, 실컷 웃어둬. 곧 죽도록 부려 먹어줄 테니."

하나도 안 무서운 으름장이었다. 병원장의 측근으로 일을 하면 할수록 병원 내 권력의 핵심에 가까워진다.

"네, 시켜만 주십시오. 하하."

그들은 병원 내 대강당으로 향했다.

대강당은 새 병원장 취임을 맞아 병원 내 임직원들이 가득 앉아 있었다. 다들 인망 높은 강민철의 취임을 기뻐하고 있었다.

"크흠, 이번에 새로 병원장이 된……."

그 취임 연설이 시작이었다.

대일병원에 새로운 바람이 불기 시작한 것은.

6장

이상민

진현의 예상대로 강민철은 누구보다도 훌륭하게 병원장의 역할을 수행했다. 그룹의 막대한 투자 덕에 국내 1위라 불리는 대일병원이지만 손볼 곳은 수도 없이 많았다.

무엇보다 투자금을 비효율적으로 사용해 투자 대비 효율이 나지 않는 것이 가장 큰 문제였다.

먼저 이종근 개인의 욕심을 위해 낭비되던 부분을 깡그리 정리했다. 경영을 투명화했고, 능력도 없이 이종근에게 빌붙어 월급만 축내던 이들도 정리했다.

매너리즘에 빠져 비효율적으로 운영되던 부분도 혁신을 시도했고, 그런 그의 노력들 덕에 대일병원은 단 시일 내에 국내 1위를 넘어 세계를 바라볼 수 있는 기틀을 마련하기 시작했다.

단 하나,

"아, 난 수술이나 해야 하는데. 팔자에도 없는 병원장이라니! 김진현 선생, 빨리 이 자리 가져가!"

이러면서 강민철이 진현에게 투덜거리는 것 외에는 아무런 문제없었다.

그런 와중에 사람들의 눈초리를 받는 인물이 있었다.

"이상민 선생은 앞으로 어떻게 할 거지?"

"글쎄? 이종근 이사장도 그렇게 됐는데 나가야 하지 않을까? 어차피 분위기를 보니 차후 병원은 김진현 교수가 물려받게 될 것 같은데."

사람들은 이상민을 두고 숙덕거렸다.

이종근이 스스로의 죄로 몰락한 상태니 후계자였던 이상민이 더 이상 발을 붙이고 있을 수는 없는 노릇이었다.

이상민도 사람들이 자신을 두고 하는 이야기를 잘 알고 있었다.

그는 그저 미소 지었다.

"이상민 선생, 내일부터는 수술에 들어올 필요 없네."

어느 날 외과의 수술 스케줄을 관리하는 주임 교수가 말했다.

외과의사에게 수술에 들어오지 말라니?

말도 안 되는 이야기였지만 이상민은 말없이 고개를 끄덕일 뿐이었다.

"네, 알겠습니다."

"그리고……."

주임교수는 무언가 안 좋은 이야기를 하려는 듯 머뭇거렸다.

“괜찮습니다. 말씀해 주십시오.”

“재단 측에서 자네와의 재계약을 거부했어. 늦지 않게 다른 곳으로 취업을 알아보는 것이 좋겠네.”

“…….”

대학병원에서 일하는 전문의, 임상강사는 레지던트, 교수와는 다르게 굉장히 짧은 기간을 단위로 계약을 한다.

시간이 지나면 계약을 갱신하며 교수 발령을 기다리는 것으로 원래 그는 최소한의 시간만 채우고 대일병원의 정식 외과 교수가 될 예정이었다.

하지만 이렇게 된 이상 다 덧없는 과거의 이야기.

이상민이 예약했던 교수 자리는 한국대 출신의 다른 능력 있는 이를 초청하기로 결정된 상태다.

“그동안 수고했네.”

그렇게 말한 주임교수는 이상민이 반발할까 걱정했다.

병원의 후계자에서 한순간에 나락으로 떨어져 해고라니.

‘하지만 어쩔 수 없는 일이지.’

아버지인 이종근이 추악한 죄로 비참한 말미를 맞았고, 이제 병원 내 실질적 최고 실권자라 할 수 있는 김진현 교수도 이상민에게 칼을 갈고 있는 상황.

즉, 반발을 해도 이미 늦은 상황이었다.

만약 발 빠르게 움직였으면 다를까?

그렇지는 않을 것이다.

애초에 김진현은 미국에서 귀국할 때 그들을 단죄할 모든 준비를 마친 상태였기 때문이다.

그룹 회장과 후계자가 자신의 편이고, 모든 죄악의 증거를 가지고 왔는데 무슨 수를 쓸 수 있단 말인가?

그나마 가능한 유일한 방법은 김진현을 불의의 방법으로 제거하는 것이었지만, 무슨 이유에서인지 이상민은 지난번 그 기회를 스스로 버렸다.

어쨌든 그의 지난 과거를 생각하면 허무한 몰락이 아닐 수 없었다.

그때 이상민이 말했다.

"한마디만 묻겠습니다."

"뭔가?"

"제 해고는 김진현 선생님의 뜻입니까?"

"……!"

주임교수는 입을 다물었다 주저하며 답했다.

"지금 우리 대일병원에서 가장 큰 실권을 쥔 사람은 다름 아닌 김진현 교수야. 자네도 잘 알고 있지 않나?"

충분한 답변이었다.

이상민은 늘 그렇듯 속을 알 수 없는 표정으로 대답했다.

"네, 알겠습니다. 지금까지 감사했습니다."

주임교수의 방을 나온 그의 얼굴에서 표정이 사라졌다.

그는 교수실 복도의 난 창으로 한강을 바라보았다. 푸른 한강의 전경은 환각이 섞인 그의 시계(視界) 속에서 핏빛으로 일그러져 있었다.

"김진현……."

그는 자신과 지독한 악연으로 얽힌 친구의 이름을 중얼거렸다.

"김진현……."

의미심장한 목소리.

그런데 그때 그의 핸드폰이 띠링 울리며 메시지가 도착했다.

[상민 씨, 오늘 저녁에 보지 않을래요?]

그의 연인, 이연희였다.

*　　*　　*

둘은 평소 자주 즐겨 찾던 논현동의 카페에서 만남을 가졌다.

"오래 기다렸어?"

"아니요. 식사했어요?"

이상민은 고개를 저었다.

"아니, 아직."

"왜 안 먹었어요?"

"그냥. 생각 없어."

"바빠도 잘 챙겨 먹어야죠. 뭐라도 시켜 먹어요."

이상민은 고개를 저었다.

"괜찮아. 그런데 왜 보자고 했어?"

그러면서 그는 이연희의 단아한 얼굴을 바라봤다.

이유가 짐작 안 되는 것은 아니다.

이연희는 외과 병동의 간호사. 이미 그에 대한 이야기를 들었을 게 분명했다.

'헤어지자 하려나? 뭐, 아무래도 상관없지.'

이상민은 따분하게 생각했다. 그런데 그녀는 의외의 말을 하였다.

"그냥 보고 싶어서요."

"응?"

"왜요? 우리 그래도 연인이잖아요. 이유 없이 만나면 안 돼요? 그냥 보고 싶어서 불렀어요."

이상민의 눈동자가 일순 흔들렸다. 그러나 그것은 잠시, 그는 늘 그렇듯 그린 듯한 미소를 지었다.

"고맙네."

"뭐가 고마워요? 상민 씨는 평소에 나 하나도 안 보고 싶은가 봐요?"

"아니야. 나도 보고 싶었어."

"피이, 거짓말은."

이연희는 샐쭉하게 입술을 내밀었다.

그와 그녀, 둘이 교제를 시작한 것도 벌써 몇 년의 시간이 흘렀다. 물론 정상적인 연인 관계라 하기에는 무리가 있었지만 그래도 짧은 기간은 아니었다.

'난 이 남자를 사랑하는 걸까?

이연희는 속으로 자문했다. 그녀도 스스로의 감정을 알 수가 없었다.

"우리 밥이나 먹어요. 아니, 술이나 먹어요. 늘 얻어먹었으니 오늘은 제가 살게요."

그녀는 그를 인근의 주점으로 이끌었다.

일본식 선술집으로 그녀는 정종과 안주를 잔뜩 시켜 그에게 내밀었다.

"제가 사는 거니 다 먹어요. 알았죠?"

그러고 둘은 주거니 받거니 술을 나누었다.

주로 연희가 이야기를 하고, 이상민은 가만히 듣는 편이었다.

"오늘 우리 선임 간호사가… 상민 씨도 알죠? 그 못생긴 간호사."

"응, 알지."

"그러니까 그 못생긴 간호사가 병동에서……."

별 영양가 없는 이야기가 오가고, 정종 한 병이 바닥을 보일 때 즈음이었다. 그녀가 술기운에 살짝 붉어진 얼굴로 그의 손을 부드럽게 잡았다.

"상민 씨."

"응?"

"힘내요."

"…뭘?"

"힘든 것 알아요. 힘내요."

걱정이 가득한 그녀의 표정에 이상민의 입가에서 미소가 일순 사라졌다.

그녀는 슬픈 얼굴을 했다.

"우리 둘은… 잘 모르겠어."

그래, 잘 모르겠다.

그가 자신을 어떻게 생각하는지, 자신도 그를 어떻게 생각하는지.

하지만 한 가지 확실한 것은 있었다.

그녀는 술기운을 빌어 말했다.

"당신은 나에게 소중한 사람이에요. 솔직히 말해… 원래는 안 그랬지만… 어느덧 그렇게 됐어요. 그러니 당신이 기운을 냈으면 좋겠어. 대일병원에서 나가면 어때요? 어차피 일할 데는 많고, 정 안 되면 저와 같이 병원이나 차리면 되니 힘내요."

"……."

"맨날 그렇게 혼자서 넘기려고 하지 말고요. 그래도 나 당신 곁에 있을 테니."

이상민은 잠시 말없이 있다가 답했다.

"고마워. 너도 내 인생에서 두 번째로 의미 있는 사람이야."

이연희는 입술을 내밀었다.

"두 번째요? 그게 뭐예요? 첫 번째면 첫 번째지."

이상민은 미소를 지었다.

"미안, 첫 번째는 다른 사람이야. 서운해?"

"됐네요. 그래도 두 번째라도 돼서 기쁘네요. 원체 마음의 벽이 높아 한 자리도 못 차지하고 있을 줄 알았는데."

그 뒤로 잠시 대화가 끊겼다.

이상민은 가만히 그녀의 눈을 바라봤다. 왠지 민망한 마음이 들어 그녀는 시선을 피했다.

"왜 그렇게 봐요?"

"연희야."

"왜요?

"이번 주말에 우리 여행 가지 않을래?"

"여행이요?"

"응, 여행. 근교에 내 소유의 별장이 있는데 쉬다 오지 않을래?"

그녀는 눈을 깜빡였다.

"왜, 싫어?"

"아니, 그건 아니지만… 좀 갑작스러워서. 가서 프로포즈라도 하려는 것은 아니죠?"

"큭큭, 아니야. 그냥… 마지막 여행이 될 것 같아서. 같이 갔으면 좋겠어. 싫어?"

마지막?

연희는 인상을 찌푸렸다.

"그게 무슨 말이에요? 마지막이라니?"

"아, 그냥. 신경 쓰지 마. 별뜻 아니니. 어쨌든 같이 갈 거지?"

그녀는 고개를 갸웃했다.

"뭐예요. 숨기는 것 있죠? 숨기지 말고 말해줘요."

"아니야, 아니야. 어쨌든 주말에 보자. 재미있을 거야."

이상민은 그녀에게 잔을 내밀었다.

딱.

그녀와 그의 잔이 부닥쳤고, 둘은 술을 마셨다. 술기운이 올라와 연희는 그의 말을 더 이상 깊게 생각하지 못했다.

그리고… 밤이 깊어, 술자리가 끝난 후 그녀와 헤어진 그는 낮게 중얼거렸다.

"재미있을 거야. 아마도."

그리고 저 멀리를 바라보았다.

"너도 재미있어야 할 텐데."

그의 눈이 깊게 침잠했다.

"김진현."

*　　　*　　　*

금세 시간이 흘러 주말이 되었다.

늦은 밤, 진현은 주말임에도 병원에 남아 업무를 처리하고 있었다.

'레지던트 처음 할 때처럼 바쁘구나.'

병원장에 취임한 강민철의 업무를 보조하며 덩달아 진현도 바빠졌다. 마치 레지던트 초반 시절로 돌아간 듯한 업무량이다.

'오늘까지 이 일을 처리하고…….'

그런데 한창 일에 열중하고 있을 때 핸드폰이 울렸다.

띠리링.

발신자 번호를 확인한 진현의 눈이 커졌다.

'이 번호는?'

이전 생의 부인이었던 이연희의 핸드폰 번호였다.

'몇 년 동안 한 번도 연락이 없었는데? 갑자기 무슨 일이지?'

그는 의아한 얼굴로 전화를 받았다.

"여보세요?"

—지, 진현 씨? 저 연희예요. 자, 잘 지냈어요?

"……?"

그런데 목소리가 이상했다.

무언가 파르르 떨리는 듯한? 뭐지?

진현은 고개를 갸웃했다.

"네, 저는 잘 지냈습니다. 잘 지내셨습니까?"

—아… 아, 네.

"갑자기 무슨 일이십니까?"

그런데 그때 갑자기 전화기 너머로 울음이 터져 나왔다.

—흐윽! 크윽.

"……?!"

진현은 깜짝 놀라 물었다.

"아니, 갑자기 왜 그러십니까?"

—죄, 죄송해요! 흐윽. 저, 정말 죄송한데… 지금 혹시 뵐 수 있을까요?

"지금 말입니까?"

—네, 흐윽. 제, 제발 부탁해요. 정말 죄송해요.

진현은 지금 상황이 이해가 되지 않았다.

몇 년 만에 전화를 한 이연희가 울면서 자신을 보자고 하다니?

'이제 난 그녀와 아무런 사이도 아닌데.'

부부였다지만 그건 지난 삶의 인연일 뿐 지금은 아무 사이도 아니다. 더구나 목소리도 심상치 않았다.

무언가 겁에 질린 듯한…….

거기까지 생각한 진현은 퍼뜩 섬뜩한 생각이 떠올랐다.

'설마?'

설마가 아니었다.

비공개적인 일이었지만 그는 그녀가 이상민과 깊은 관계를 맺고 있음을 알고 있었다.

'이상민?'

진현의 얼굴이 깊게 가라앉으며 굳은 목소리로 물었다.

"한 가지만 묻겠습니다. 지금 괜찮으신 것입니까?"

—…….

연희는 울먹일 뿐 답을 하지 못했다. 의심이 확신으로 변해갔다.

진현은 주먹을 움켜쥐었다.

—저, 정말 죄송해요. 흐윽. 지, 지금 제가 있는 곳으로 와줄 수 있으세요?

진현은 가만히 고개를 끄덕였다.

"알겠습니다. 지금 어디입니까?"

그녀는 떨리는 목소리로 현재 자신의 위치를 전했다.

서울 외곽, 주변에 사람이라곤 찾기 어려운 곳에 위치한 건물이었다.

"지금 바로 가겠습니다. 기다리십시오."

전화를 끊은 진현의 얼굴이 차가워졌다.

"이상민… 드디어 움직였군."

이 전화는 이연희의 뜻이 아니라 이상민의 뜻이 분명했다.

정확한 상황은 모르지만 공포에 질린 듯 떨리는 목소리를 볼 때 무언가 협박을 받고 있을지도 모른다.

어째서 이연희를 끌어들인 것인지는 의문이지만 이건 그의 초대가 분명했다.

'뭐, 어쨌든 좋아.'

기다리던 바다.

이제 드디어 길고 긴 그와의 악연을 끝날 때가 됐다.

진현은 전화를 들어 버튼을 눌렀다.
뚜뚜.
몇 번의 신호음이 간 후 거친 음성의 주인이 전화를 받았다.
김철우였다.
—여보세요?
"철우야, 나 진현이다."
진현은 짧게 말했다.
"지난번에 내가 했던 부탁 기억하지?"

*　　*　　*

김철우에게 연락 및 필요한 조치를 취한 진현은 연희가 말한 곳으로 차를 몰았다.
'이상민…….'
인적 드문 밤길을 지나고 있으니 과거의 기억들이 떠올랐다.
지난 삶부터 이상민과는 악연이었다.
고등학교 3년 내내 그에게 괴롭힘을 당했고, 회귀 후에도 거의 만나자마자 주먹다짐을 했었다.
'그래도 잠깐 좋았을 때도 있긴 했지.'
쥬피르.
처음으로 그와 술을 마신 장소.
그때 이후로는 제법 친한 친구 사이를 유지했었다.
한때 그가 자신의 가장 친한 친구라고 생각한 적도 있을 정도로.

'쓸데없는 기억이지.'

진현의 눈이 무거워졌다.

그래, 쓰레기처럼 쓸모없는 기억이다. 이상민 그놈은 천하의 죽일 놈, 그 이상도 이하도 아니다.

'이상민, 이제 네 죗값을 치를 때야.'

진현은 운명을 느꼈다. 이 만남이 끝나면 그와의 악연도 끝이 날 것이다.

'물론 위험할 수도 있겠지만.'

혹시 모를 위험을 생각하면 이 초대를 외면하는 것이 현명하겠으나 진현은 고개를 저었다.

피한다고 될 일이 아니다. 그놈은 언제고 자신에게 마수를 뻗칠 것이다. 다음에는 분명 더 은밀하고 위험하게 다가오겠지.

이런 기회가 아니면 그놈의 죄악을 단죄할 수가 없다.

'나도 대비를 안 하고 가는 것도 아니고…….'

당연한 이야기지만, 진현은 혼자 이상민을 만나러 가는 것이 아니었다.

혼자 갔다 무슨 봉변을 당하려고?

사전에 부탁한 대로 김철우를 비롯한 무장 경찰들이 은밀히 그의 뒤를 따르고 있었고, 만약 위험한 상황이 발생하거나 이상민의 죄악이 확인되면 곧바로 개입할 예정이었다.

'이 부탁을 하면서 꽤 애먹었지.'

원래대로라면 경찰을 이용한 이런 식의 작전은 말도 안 되는 것이었다. 하지만 김철우에게 했던 부탁과 대일 그룹의 손녀사위가 될 지위 덕분에 가능했다.

'왜 이런 허술한 수작을 부리는 것인지 모르겠군. 그 녀석답지 않게. 설마 내가 눈치를 못 챌 거라 생각한 건가?'

이상민 그놈은 항상 증거가 남지 않는 완전 범죄를 저질러왔다. 한데 이번 수작은 허술하기 그지없었다.

이연희를 협박해 그를 부른 것만 해도 그렇다.

과거에 저지른 죄악을 밝히지 못한다 해도, 그녀를 인적 드문 곳으로 데려와 협박하는 것만으로도 콩밥을 먹이기 충분했다.

'무슨 꿍꿍이지?'

진현은 양복의 안주머니와 바지 주머니에 들어 있는 묵직한 물건을 느끼며 가속 페달을 밟았다.

부릉.

차량 없는 국도를 한참을 질주한 그의 차는 풍광 좋은 산에 위치한 조그만 별장에 도착했다.

이곳이었다.

과연 익숙한 얼굴이 그를 맞이했다.

"여, 왔네. 진현."

"이상민."

진현은 굳은 얼굴로 차에서 내렸다.

말기 암 환자처럼 삐쩍 마른 이상민이 미소를 지었다.

"오랜만이야. 잘 지냈어?"

반가운 목소리였지만 진현은 한가한 대화 따위를 나누고 싶지 않았다.

"그녀는?"

"안에서 자고 있어."

"자?"

"응, 푹 자."

진현은 미간을 좁혔다.

잔다고?

"약을 썼나?"

"난 나름 그녀를 아껴. 그러니 크게 걱정하지 않아도 돼."

믿을 사람이 따로 있지 웃기지도 않는 소리였다.

"그래, 왜 나를 부른 거지?"

이상민은 가만히 미소 짓다가 답했다.

"너와 술 한잔하고 싶어서."

"뭐?"

"그냥. '마지막'으로 너와 한잔하고 싶어서. 뭐, 그 이유만 있는 것은 아니지만."

"무슨 헛소리를……."

그런데 그때, 이상민이 의미심장한 말을 했다.

"너도 나한테 듣고 싶은 이야기가 많지 않아? 혹시 모르지. 술을 마시다 보면 이런저런 이야기를 할지도."

"……!"

진현은 흠칫 놀라 그를 바라봤다.

"그 말은… 지금까지의 죄를 자수라도 하겠단 거냐?"

"글쎄?"

이상민은 담담히 웃으며 말했다.

"일단 안으로 들어와. 반가워."

언제 준비한 것인지 대리석 탁자 위에 간단한 안주들과 각종 술병이 놓여 있었다.

연희는 벽난로 옆에 위치한 커다란 소파에 누워 있었다.

동화 속 공주처럼 깊은 수면에 빠진 모습이 약에 당한 것인지 정말 자는 것인지 구별이 되지 않았다.

"도대체 그녀는 왜 끌어들인 거냐? 상관도 없는데."

"글쎄? 왜일까? 그녀도 나름 의미가 있어서?"

이상민은 묘한 목소리로 말했다.

이해할 수 없는 말이었으나 진현은 깊게 생각하고 싶지 않았다. 그가 관심 있는 것은 오로지 하나, 이상민의 죄를 처벌하는 것이다.

"한 잔 받아."

이상민은 위스키를 빈 잔에 따라 내밀었다. 하지만 진현은 그를 노려볼 뿐 술을 받지 않았다.

"도대체 이게 뭐 하는 수작인지 모르겠지만, 할 이야기 있으면 빨리해. 너와 술 따위 마시고 싶지 않으니까."

"그냥 너랑 한잔하고 싶었다니까. 독 같은 건 안 탔으니 한잔 해."

"……."

"안 마시면 나도 아무 이야기 안 한다?"

"마시면 이야기할 거냐?"

"일단 마셔."

진현은 눈을 가늘게 떴다.

'갑자기 무슨 꿍꿍이지?'

하지만 이상민의 얼굴은 지난 십수 년의 세월 동안 그랬듯 속을 알 수가 없었다.

"그래, 좋아."

어차피 호랑이를 잡기 위해 굴에 들어온 상황이다. 술 한 잔 정도 못 마실 이유가 없었다.

만약 위기 상황이 발생하면 지금쯤 근처에 잠복했을 김철우를 비롯한 경찰들이 들이닥칠 것이고.

진현은 스트레이트 잔에 담긴 황금빛 위스키를 한번에 들이켰다. 가슴을 태우는 듯한 위스키 특유의 독한 느낌에 인상을 찌푸리는데, 진현은 의아한 얼굴을 했다.

"뭘 그렇게 보는 거지?"

자신을 바라보는 이상민의 눈빛이 묘했다.

뭔가 먼 허공을 바라보는 듯한 잡을 수 없는 무언가를 바라보는 눈빛.

"지금 마신 술. 무슨 술인지 알겠어?"

이해할 수 없는 질문.

진현은 불쾌한 얼굴로 답했다.

"발렌타인 30년산."

"그래, 맞아. 이전에 너와 종종 마셨었지."

둘은 고등학교 시절부터 대일 그룹에서 운영하는 고급 주점 쥬피르에서 발렌타인 30년산을 즐겨 마셨었다.

당시에는 시험만 끝나면 김철우, 황문진과 함께 술을 퍼 마셨었다.

물론 지금은 의미 없는 과거의 이야기지만.

"그거 알아? 우리 둘이 자주 가던 그 쥬피르. 3년 전에 그룹에서 정리했어. 매출이 안 나와서."

"그래? 그래서? 그 이야기를 왜 하지?"

진현은 이상민에게 인상을 찌푸렸다.

"아니, 그냥. 그렇다고. 나름 추억의 장소였는데."

이상민은 지나가듯 미소를 짓더니 본인도 술을 마셨다.

"쓸데없는 이야기 그만하고. 빨리 본론을 말해."

"그래, 본론. 본론……. 그래, 좋아."

진현은 침을 삼켰다.

지금 그들의 대화는 은밀히 마련한 소형 장비를 통해 녹음 및 김철우에게로 전송되고 있었다. 이상민이 자신의 죄악을 실토하면 그걸로 끝이다.

'방심하면 안 돼. 이 미친놈이 어떤 짓을 저지를지 몰라.'

그의 손이 바지 주머니를 더듬었다.

바지 주머니 안엔 매리가 마련해 준 만년필 형태의 호신용 초소형 총이 들어 있었다. 이것을 사용할 일이 없어야 하겠지만, 이 미친놈이 발작을 안 한단 보장이 없으니 불의의 사태에 대비해야 한다.

"그거 알아?"

"뭘?"

"난 네가 거슬렸어."

"……!"

진현은 흠칫 이상민을 바라봤다.

"네가 거슬렸어. 엄청."

이상민은 천천히 말을 이었다.

“물론 넌 나에게 의미가 있는 유일한 친구이긴 해. 술집 여자의 아들이라 나와 어머니는 가문에서 개돼지 같은 취급을 받았고, 그 스트레스 때문인지 어머니가 정신분열병으로 미쳐 삶이 참 지긋지긋했거든. 그때 날 그나마 마음을 담아 위로해 준 것은 네가 유일했지.”

진현은 잠시 입을 다물었다.

십수 년의 세월 동안 한 번도 듣지 못했던 이상민의 진심이 한마디, 한마디 새어 나오고 있었다.

“그래도 난 네가 거슬렸어. 무척. 망가뜨리고 싶을 만큼. 왜인지 알아?”

“…네놈의 이야기 따위 듣고 싶지 않아.”

“그래, 그래. 그렇겠지. 그래도 조금만 들어봐. 우리 이제 마지막이니까. 길지도 않아.”

마지막.

계속해서 거슬리는 소리였다.

진현은 주머니 속 만년필형 총을 쥐었다.

이상민은 자신의 술잔에 위스키를 졸졸 따랐다. 그는 황금빛 위스키가 넘실거리는 모습을 보며 말을 이었다.

“있잖아. 내가 왜 그렇게 발버둥 치며 살았는지 알아? 배다른 형인 이범수를 직접 죽이면서까지.”

“……!”

진현의 눈이 커졌다.

스스로의 입으로 이범수를 죽인 사실을 꺼낸 것이다.

'정말 도대체 무슨 생각인 것이지?'

진현은 굳은 눈으로 이상민의 동태를 살폈다. 하지만 이상민은 쿡하고 웃었다.

"난 아무 짓도 안 했는데 너무 긴장하는 것 아니야?"

"…말해봐라."

진현은 굳은 얼굴로 이상민의 말을 들었다.

"철없던 어린 시절, 가문에서 개돼지 취급당하면서 어머니가 모진 구박으로 스트레스로 미쳐 정신분열병에 걸렸을 때 한 결심이 있지. 최고가 되자고. 최고가 되어 저들을 처참하게 눌러주자고. 넌 내가 안 보이는 곳에서 얼마나 피 터지는 노력을 했는지 모를 거야."

"……."

이상민은 담배를 입에 물고 치익 불을 붙였다.

그래, 보이지 않는 곳에서 참 많은 노력을 했었다. 최고가 되기 위해.

그 결심은 정신분열병에 시달리던 어머니가 자살한 날 바뀌었다.

그 잘난, 자신과 어머니를 쓰레기 취급하던 아버지와 형의 모든 것인 대일병원을 손에 넣자고. 그래서 나와 어머니를 개돼지 취급한 그들에게 복수를 하자고.

하지만 그 결심들은 모두 김진현 때문에 물거품이 되었다.

그때 진현이 물었다.

"그래서? 그래서 내가 미워 혈우병 환자의 수혈팩에 항응공제를 섞고, 날 교통사고를 위장해 죽이려 하고, 송영 그룹 회장의 딸을 공기색전증으로 죽인 거냐?"

이상민은 피식 웃더니 답했다.

"맞아. 그땐 널 정말 망가뜨리고 싶었거든. 내 앞을 항상 가로막는 너를 파멸시키고 싶었지."

"……!"

진현은 눈을 크게 떴다.

지금 그들의 대화는 특수 장비를 통해 그의 자백은 녹음 및 김철우에게 실시간으로 전송되고 있으니 법정에 서면 최소 무기징역 혹은 사형이었다.

'이 녀석 도대체 무슨 생각인 것이지?'

진현의 의아한 얼굴을 본 이상민은 미소를 지었다.

"왜? 내가 이런 이야기를 하는 게 이해가 안 돼?"

"…그래, 무슨 꿍꿍이지?"

"마지막이니까."

의미심장한 목소리.

"뭐?"

진현의 등줄기에 소름이 돋았다!

그는 본능적으로 주머니 안 초소형 총을 꺼내 들었다.

그러나 한발 늦은 대처였다.

철컥.

이상민도 테이블 밑에 숨겨둔 총을 꺼내 진현에게 겨눈 것이다.

이상민은 피식 웃었다.

"그 만년필. 총이지? 바보가 아니면 호신용 총 같은 무기를 가져올 거라 생각하긴 했는데, 귀엽게 생긴 걸 가져왔네."

진현은 이를 갈았다.

"닥쳐! 죽고 싶지 않으면 그 총 내려놔!"

"내가 왜?"

이상민은 진현을 똑바로 바라봤다.

"우리 악연. 이제 끝낼 때가 됐잖아. 너와 나, 둘 중 한 명이 죽어야 끝나지. 안 그래?"

"이……! 미친놈!"

진현은 이를 갈았으나 이상민은 서로 총을 겨누고 있는 이 상황이 유쾌한 듯했다.

"큭큭. 하여튼 재미있네. 이렇게 서로 총을 겨누다니."

"닥쳐!"

"하여튼 어떻게 하지? 둘 다 한꺼번에 쏴야 하나? 그건 재미가 없는데."

이상민은 생글생글 웃더니 말했다.

"이건 어때? 너한테 5초 줄게."

"뭐?"

진현은 그의 말뜻을 이해 못했다.

"네가 날 쏠 시간 5초 준다고. 다섯을 셀 테니, 그 안에 날 쏴."

"……!"

이상민은 마치 유희를 즐기듯 말했다.

"재미있을 것 같지 않아? 5초를 줄 테니 날 쏴. 쏠 수 있다면 말이야. 그 안에 날 쏘면 너의 승리. 만약 쏘지 못하면 내가 널 죽일 거야. 어떻게 할래, 착한 내 친구?"

진현은 분노에 손을 떨었다.

"이… 개 자식……!"

"왜? 너한테 압도적으로 유리한 제안이야. 다섯을 셀 때까지는 절대 너를 쏘지 않겠어. 아, 물론 밖에서 들리는 인기척이 가까워지면 당장 너를 쏘겠지만. 경찰인지 뭔지 모르겠지만… 지금 당장 너를 죽이고 싶은 게 아니면 잠시 가만히 있는 게 좋을걸?"

"……!"

진입을 시도 중인 경찰하게 하는 경고였다.

"이 미친놈! 왜 이런 짓을?"

"미친놈이니까. 몰랐어? 나 원래 미친놈이야."

그러고 이상민은 미소와 함께 카운트다운을 시도했다.

"5."

"……!"

진현의 눈이 흔들렸다.

"4."

숫자를 세며 이상민이 조롱하듯 말했다.

"3. 착한 진현 씨. 이건 너한테 주는 기회야. 그나마 나한테 조금이라도 의미가 있었던 친구한테 주는 기회. 정말 안 쏠 거야? 죽는다?"

"……!"

그는 유혹하듯 말했다.

"망설일 필요 없어. 어차피 너도 날 증오했잖아. 살인죄로 처벌받기 싫어 그런 거면 할아버지인 이해중 회장의 손을 빌리면 돼. 더구나 정당방위니 간단히 빼줄 수 있을 거야. 그리고 다시 한 번 말하지만 숫자를 다 세면 난 곧바로 총을 쏠 거야."

진현은 이를 악물었다.

'이 개자식!'

먼저 쏘지 않으면 이 미친놈은 정말 자신을 죽일 것이다. 그러고도 남을 놈이다.

"2."

이상민이 2를 세었다.

이제 2초도 안 남았다.

죽음의 공포가 몰아닥치며 진현은 주먹을 움켜쥐었다.

'이 개자식. 절대 용서하지 않겠어.'

1초.

억겁 같은 시간이 째각 지났다.

그리고… 이상민이 최후의 카운트다운을 하였다.

"1."

잠깐의 정적 후.

타앙!

총성이 울려 퍼졌다.

7장

성공한 삶. 끝을 바라보며

그 단발마의 총성과 함께 악몽 같은 그날의 밤이 막을 내렸다.

강민철이 걱정스러운 얼굴로 물었다.

"김 선생, 이제 괜찮나?"

"아… 괜찮습니다."

진현은 그날의 일을 전해 듣고 자신을 걱정해 주는 사람들에게 쓴웃음을 지으며 답했다.

괜찮다.

악몽 같은 밤이었지만 다치지도 않았고 나름 잘 해결됐다.

'아니, 잘 해결된 것일까?'

진현의 눈이 그날의 일을 더듬었다.

그때 마지막 순간, 이상민이 최후의 카운트다운을 끝낸 후 총이 불을 뿜었다.

하지만 그 총성은 이상민도, 진현의 것도 아니었다.

진현의 위기에 밖에서 대기하고 있던 김철우가 다급히 총을 발사했던 것이다!

하늘의 도움인지 그의 총탄은 절묘하게 이상민에게 명중했고, 김철우와 경찰들은 그를 산 채로 체포했다.

납치, 총기 협박!

이전에 지었던 살인미수와 살인죄들까지!

세상을 떠들썩하게 할 중죄였다.

진현에게 했던 자백을 근거로 이상민은 지금까지의 죄악들을 조사받았고, 그는 자신의 범죄에 대해 긍정도, 부정도 아무런 대답도 하지 않았다.

재판 결과는 무기징역.

"이제 끝났어. 잘됐어."

진현은 중얼거렸다.

차라리 만나지 않았다면 좋았을 인연. 드디어 그 길고 긴 악연이 종지부를 찍었다.

이종근은 하늘의 심판을 받아 식물인간이 되었고, 이상민은 평생을 감옥에서 벗어나지 못하게 되었다. 미국에서 바라고 바라던 복수를 이룬 것이다.

그런데… 이상한 점이 있었다.

그때 마지막 순간…….

진현은 인상을 찌푸렸다.

'그때 마지막 순간에… 쏘지 않았어.'

악몽 같은 그 밤의 마지막 순간, 이상민은 카운트다운을 끝냈음에도 총을 발사하지 않았다.

'시간이 없던 것은 아니었는데.'

카운트다운을 끝내고 김철우가 총을 쏠 때까지 분명 시간이 있었다. 1, 2초 남짓한 짧은 시간이었지만 방아쇠를 당기기에는 충분한 시간이었다.

'그리고 그때 마지막에…….'

김철우의 총을 맞기 전, 찰나의 순간.

이상민의 표정이 바뀌었었다.

공허하고 씁쓸한… 그래, 슬픈 감정.

그와 십수 년을 지냈지만 처음으로 보는 표정이었다.

늘 가면 같은 미소 뒤에 숨어 있던 게 저 얼굴이었을까?

그는 그 순간 자신에게 무언가를 말하려 했다.

'무슨 말을 하려고 했던 것일까?'

알 수가 없었다.

'혹시 그날 날 부른 것이……?'

하지만 진현은 고개를 저었다. 혹시나 하는 가정이 떠올랐으나 그건 지나친 생각이었다.

'됐어. 그놈은 천하의 죽일 놈, 그 이상도 그 이하도 아니야.'

이상민과 이종근, 둘 모두 죄의 대가를 받았다. 그것 외에 중요한 것은 없었다.

'다 잘 해결됐으니 쓸데없는 생각하지 말자.'

그래, 다 잘 해결된 것이다.

정말로.

진현은 그렇게 생각했다.

다시 덧없는 시간이 흘렀다.

*　　　*　　　*

시간이 흐르고 흘러 1년간의 교환 교수 기간도 끝이 다가왔다.

세인트 죠셉으로 돌아가기 전, 진현은 마지막으로 남은 가장 중요한 일을 마무리했다.

혜미와의 결혼식이었다.

'그녀와 처음 만난 지 벌써 12년째구나.'

시간이 정말 빨랐다.

12년이라니.

바람처럼 스쳐간 그 시간 사이로 정말 많은 일이 있었다.

'상부(上府)의 비(婢).'

문득 진현은 이번 삶의 시작이자 이전 삶의 마지막 순간을 떠올렸다.

지난 삶은 실패만 거듭한 삶이었다. 실패의 실패 끝에 죽음을 목전에 두고 절망에 빠져 있을 때, 상부의 비라는 여인이 자신의 소원을 들어주었다.

그리고 벌써 회귀 후 16년이다.

' 16년… 시간이 참 빨라.'

16년이란 세월이 흐르며 어느덧 이 자리까지 서게 되었다. 지난 일들을 떠올리니 감회가 새로웠다.

"김 선생, 정말 축하하네."

수많은 사람이 그와 혜미의 결혼을 기뻐하고 축하해 주었다.

원래는 조용히 친인척들만 초청하여 조촐한 결혼식을 치르려 했으나 참석하고 싶어 하는 사람이 워낙 많아 남산에 위치한 대일 그룹 소유의 특급 호텔 예식장에서 진행하기로 했다.

그래도 너무나 많은 사람이 직접 와서 축하해 주길 원해 예식장 자리가 모자랄 지경이었다.

"우리 아들. 어떻게 이렇게 기특하게 자랐을까? 흑."

"아니, 이렇게 기쁜 날 주책맞게 왜 울어?

"너무 기뻐서… 우리 아들이 이렇게 자라서 결혼까지 하다니."

이 세상에서 가장 진현의 결혼을 기뻐하는 사람은 그의 부모님이었다.

16년이란 세월이 흐르며 그들의 머리에도 흰머리가 점차 늘어갔다.

회귀 후 처음 봤을 때보다 부쩍 나이가 든 모습이지만 이전 삶의 불행한 모습에 비할까?

그때 그들은 행복이란 감정을 느끼지도 못했다. 부모님의 행복만으로도 그의 회귀는 충분한 가치가 있었다.

그리고 그가 지금껏 살아온 지난 삶의 가치는 그것만이 아니었다.

수없이 정말 많은 사람이 그의 결혼을 축하해 주었다.

형식상, 예의상 어쩔 수 없이 참석한 것이 아니라 마음을 다한 축하였다.

모두 그에게 직간접적으로 도움을 받았던 사람들로 그들의 축하가 진현의 삶의 가치를 증명해 주었다.

"범생이, 정말 축하한다."

이전 삶에서 지독한 악연이었지만 이제는 누구보다도 진현을 소중한 친구로 여기는 김철우가 큰 웃음을 지으며 축하의 말을 건넸다.

그 외에도 황문진을 비롯한 수많은 친구가 참석했다.

"진현 군, 정말 축하하네. 비록 내과를 하진 않았지만 자넨 내 가장 자랑스러운 제자야."

진현의 아버지를 치료한 위암의 대가, 어느덧 흰머리가 부쩍 늘어난 최대원이 잔잔히 웃었다.

"아니, 김 선생이 왜 최대원이 자네 제자야? 내 제자지."

간이식 최고의 대가이자 현(現) 대일병원의 병원장인 강민철이 솥뚜껑 같은 손을 내밀었다.

"김 선생, 정말 축하해. 정말로!"

강민철뿐이 아니었다. 유영수를 비롯한 대일병원의 외과의사 모두가 진현을 축하하러 왔다.

머나먼 땅 뉴욕의 세인트 죠셉에서도 사람이 왔다.

진현을 마음속으로 존경하는 동료로 여기는 데이비드 교수였다.

"닥터 김, 정말 축하합니다."

젠틀한 백인 미남인 그는 웃으며 진현에게 축하를 건넸다.

"병원장께서도 꼭 참석하고 싶어 하셨는데, 일정이 바빠서 죄송하다고 말씀 전해 달라 하셨습니다. 그리고 이제 얼마 안 남았으니 빨리 세인트 죠셉으로 돌아오라고 하시더군요. 목을 빼고 기다리고 있다고."

진현은 미국에서 손꼽히는 병원의 대표답지 않게 자유분방한 제임스를 떠올렸다.

혹시라도 내가 한국에서 돌아오지 않을까 봐 계속 걱정했었지.

그건 데이비드도 마찬가지인 듯 조심히 물었다.

"혹시 한국에 남을 생각은 아니지요, 닥터 김? 그러면 곤란합니다. 계약 기간도 남아 있고… 닥터 김만 기다리고 있는 프로젝트와 환자가 아주 많습니다."

진현은 미소를 지었다.

"걱정 마십시오. 신혼여행 끝나고 곧 돌아갈 테니."

미국에서 온 손님은 데이비드만이 아니었다. 다국적 제약회사 헤인스의 에이미도 있었다.

"미스터 김, 정말 축하해요. 좋은 결혼 생활하세요."

지난 고백 이후 마음을 정리한 걸까? 아니면 마음을 숨기는 것일까?

에이미의 눈에선 더 이상 진현에 대한 감정을 읽을 수 없었다.

어쨌든 다행한 일이었다.

"감사합니다. 먼 길 와주셔서 정말 감사합니다."

그런데 그때 차분한 목소리가 들렸다.

"닥터 김, 저도 결혼 축하드려요."

고개를 돌린 진현은 생각지도 못한 인물을 보고 깜짝 놀랐다. 중세 귀족처럼 고상한 외모의 백인 미녀, 뉴욕을 주름잡는 마피아의 보스 매리였던 것이다!

"아니, 어떻게 여기까지?"

매리는 손으로 입을 가리며 웃었다.

몸매가 드러나는 붉은 드레스가 하객들의 시선을 사로잡았다. 뭐, 항상 입던 화려한 코르셋 드레스에 비하면 간출한 복장이었다.

"지난번 제가 말했잖아요. 결혼식에 참석하겠다고."

"그래도……."

마피아 보스가 이렇게 무방비로 돌아다녀도 되나? 지난번 총도 맞았으면서.

그의 생각을 눈치챈 듯 그녀는 가볍게 말했다.

"생명의 은인의 큰 행사인데 참석하고 싶었어요. 그리고 한국의 갱들 따위 눈치 볼 필요 없으니까요."

"……."

"제가 와서 싫으세요?"

진현은 허겁지겁 고개를 저었다.

"아닙니다. 정말 감사합니다."

여기까지 와준 성의를 떠나서 그녀의 도움으로 이종근과의 일을 마무리 지을 수 있었다.

눈에 띄는 하객들은 그들만이 아니었다.

그가 의업을 펼치는 중 특별한 도움을 받았던 자들도 자리를 빛내주었다.

“축하합니다.”

진현은 말끔한 중년 사내의 인사에 눈을 깜빡였다.

누구지?

남자는 머쓱히 미소를 지었다.

“김종현입니다. 선생님이 치료해 준.”

“아……!”

그제야 진현은 남자의 정체를 알아봤다.

동양화의 대가(大家) 김종현 대화백!

노숙자 같은 이미지였는데, 결혼식에 참석한다고 깔끔히 몸을 단장해서 못 알아봤었다.

“정말 축하드립니다.”

“감사합니다.

특별한 손님은 그만이 아니었다.

식장 안으로 한 노년의 신사가 들어오자 사람들이 웅성거렸다.

“아니, 저분은?”

“저분도 결혼식에?”

진현의 눈도 커졌다.

“결혼 축하합니다, 김진현 선생님.”

부드러운 목소리.

김창영 전(前) 총리였다!

진현은 놀라 허리를 숙여 인사했다.

“어떻게 여기까지?”

"제 생명을 구해준 김진현 선생님의 결혼식인데 당연히 축하드리러 와야죠."

이 나라에서 최고로 존경받는 정치인인 그는 온화하게 미소 지었다.

"다시 한 번 정말 축하합니다."

"감사합니다."

그들만이 아니었다. 진현 덕분에 또 한 번의 삶을 얻었던 이들이 수없이 결혼식에 참석했다. 호텔 예식장이 부족할 지경이었다.

만약 진현이 단순히 실력만 뛰어난 의사였으면 이렇게 하객들이 몰리지 않았을 것이다. 하지만 진현은 단순히 실력만이 아닌 진정 환자를 위하는 의사였다. 그렇기에 이런 일이 발생한 것이다.

그때 신부 측 막내아버지인 이동민이 진현에게 다가왔다.

"이제 정말 우리 집안사람이 되는군."

"네."

"그나저나 정말 대일병원을 맡아줄 생각은 없나?"

진현은 곤란한 표정을 지었다.

이동민은 뭐가 그렇게 아쉬운지 만날 때마다 저런 이야기였다.

"죄송합니다. 아직 제가 그런 큰일을 맡기엔 부족한 것 같습니다."

"쩝. 뭐, 강민철 교수님도 훌륭하긴 하지만. 그래도 오래는 못 기다려 줘. 5년! 5년만 미국에 있다가 한국으로 돌아오게."

진현은 애매하게 웃었다. 그와 혜미는 결혼 후 미국으로 떠나기로 한 상태였다.

진현은 세인트 죠셉에서 교수 생활을 이어가고, 혜미는 세인트 죠셉 병원에서 유학 공부를 하기로 했다.

"생각해 보겠습니다."

"생각은 무슨! 꼭 그렇게 해!"

그런데 그때였다.

안쪽에서 소리가 들렸다.

"결혼식 시작합니다! 신랑, 입장해 주세요!"

정신없이 축하를 받다 보니 시간이 훌쩍 지났나 보다.

진현은 크게 숨을 들이켜고는 식장으로 들어갔다.

주례는 대일병원의 병원장이자 스승인 강민철 교수가 맡았다.

"크흠, 신랑, 신부 모두 행복하게……."

물론 급한 성격의 강민철답게 주례는 길지 않고 짧고 간단명료했다.

뭐, 긴 주례가 뭐가 필요하겠는가? 서로 행복하라는 한마디 축복이면 충분하지.

아, 그리고 뽀뽀 타임.

모두의 박수를 받으며 진현과 혜미는 입을 맞추었다.

진현은 조그맣게 속삭였다.

"사랑해."

길고 긴 사랑이 드디어 결실을 맺었다.

그리고 사십여 분의 예식이 끝나고, 포토타임이 다가왔다.

"신랑 측 하객들, 앞으로 나와 주세요!"

대일 그룹 소속의 유명 사진 기사가 소리쳤다. 그 외침과 함께 수많은 사람이 앞으로 나오기 시작했다.

사진 기사가 당황해 말했다.

"아, 아니… 너무 많은데… 한번에 찍을 수가……."

그래도 원체 식장이 넓어 어떻게 밀어 넣으니 간신히 공간이 나오긴 했다.

사진 기사가 웃으며 외쳤다.

"자, 신랑, 신부! 뽀뽀!"

다시 진현과 혜미가 수줍게 입을 맞추는 순간 찰칵 사진이 찍혔다.

16년.

회귀 후 진현의 삶이 담겨 있는 사진이었다.

그리고… 머나먼 하늘 끝에서 그 결혼식을 바라보고 있는 이가 있었다.

지난 삶의 마지막 때 진현이 만났던 여인, 스스로를 상부(上府)의 비(婢)라 칭했던 이였다.

그녀는 따뜻한 눈길로 진현의 모습을 살피고 있었다.

비(婢)의 입술이 살짝 열렸다.

"축복받길. God bless you."

그리고 한마디를 더하였다.

"마지막까지."

*　　　*　　　*

길고도 긴 사랑의 결실을 맺을 신혼여행 장소는 세이셸 공화국이었다.

유럽인들이 최상의 허니문 장소로 꼽는 세이셸 군도는 아프리카 인도양 서부 마다가스카르 북동쪽의 위치하고 있었다.

"사랑해."

퍼스트 클래스에서 아늑한 비행을 즐기며 진현은 혜미의 손을 잡았다. 소파 같은 의자에 기대어 혜미는 고개를 끄덕였다.

"응."

왠지 기분이 좋지 않아 보이는 모습에 진현은 의아한 표정을 지었다.

"피곤해?"

"아… 응."

"도착까지 한참 남았으니 좀 자."

"응, 미안. 좀 잘게."

그는 혜미를 위해 조명을 껐다.

호텔방처럼 변한 퍼스트 클래스가 고요히 잠겨 들었고, 장기간 비행 끝 그들은 세이셸 군도에 도착했다.

—너 그러다 마법사 된다? 그것도 그냥 마법사가 아니라, 대마법사.

황문진이 나이가 늦도록 총각 딱지를 떼지 못한 진현에게 놀리며 맨날 하는 말이었다.

진현은 그때마다 그저 고개만 저을 수밖에 없었다.

그리고 오늘 진현과 혜미는 드디어 사랑의 결실을 맺었다.

보석 같은 인도양의 푸른빛이 보이는 스위트룸에서 그들은 깊고도 깊은 밤을 보냈다. 꿈결 같은 시간이 지나고, 둘은 쓰러지듯 잠에 빠졌다.

그리고…….

얼마간의 시간이 지나 진현은 침대에서 뒤척이며 일어났다.

'아… 얼마나 잔 거지? 혜미는?'

아직 어두운 밤이었는데 침대 옆은 썰렁하게 비어 있었다.

"혜미야?"

답이 없자 진현은 의아한 얼굴로 침대에서 일어났다.

"이혜미?"

침실을 벗어나 거실에 나가니 흐릿한 실크 커튼 너머 발코니에 가녀린 몸매의 여인이 서 있었다.

"혜미야? 뭐 하고 있어?"

"……."

하지만 역시 답이 없다.

못 들은 것은 아닐 텐데? 무슨 생각을 하는 거지?

조심히 커튼을 열고 발코니에 나간 진현은 깜짝 놀랐다.

"혜미야?"

먼 허공을 응시하는 그녀의 검은 눈동자가 촉촉하게 젖어 있었던 것이다.

혜미는 급히 눈가를 훔쳤다.

"아… 미안. 왜 벌써 일어났어? 더 자지?"

"……."

"여기도 밤에는 춥네. 들어가서 좀 더 자자."

혜미는 어색하게 웃으며 진현의 옆을 스쳐 거실로 들어왔다.

"무슨 생각했어?"

"그냥… 아무것도 아니야. 자자."

진현은 고개를 젓더니 그녀의 손을 잡았다.

"혜미야. 난 이제 네 가족이야. 좋은 일도 힘든 일도 함께할."

"……!"

"그러니 힘든 일이 있으면 나한테 말해줬으면 좋겠어. 함께 하고 싶어."

혜미의 눈동자가 흔들렸다.

그녀는 주저하더니 말했다.

"정말 별것 아니야. 그냥 엄마 생각했어."

"아……."

진현은 입을 다물었다.

혜미의 어머니는 그녀가 어린 시절 자살했었다.

어머니뿐이랴?

오빠인 이범수도 살해당했다.

그리고 치가 떨린다지만 그래도 아버지인 이종근도 식물인간이 된 상태다.

그야말로 슬픈 피로 점철된 가정이 아닐 수 없었다.

"그냥 괜찮다가… 이렇게 결혼까지 하고 나니 엄마 생각이 나서. 잘 지내고 있겠지? 엄마도? 범수 오빠도?"

혜미는 쓸쓸한 눈으로 바다를 바라봤다.

어둠을 머금은 인도양의 물결이 찰싹거렸다.

"……."

진현은 그런 혜미를 가만히 안아주었다. 그녀의 몸이 진현의 팔에 감겨들었다.

"혜미야."

"…응."

항상 밝게 웃고 다니지만 누구보다도 깊은 아픔을 숨기고 있던 그녀.

그녀의 아픔을 뭐라고 위로할 수 있을까?

고작 몇 마디 말로 그 아픔을 감쌀 수는 없다.

다만…….

"이젠 너한테 내가 있잖아. 이젠 내가 네 가족이야."

"……!"

"행복하게 해줄게. 누구보다도, 하늘에 있는 가족들이 미소를 지을 만큼."

혜미의 눈이 다시 흔들렸다. 그녀는 진현의 가슴 속에서 고개를 끄덕였다.

"…응. 꼭 행복하게 해줘야 해. 안 그러면 엄마랑 범수 오빠가 나중에 화낼 거야."

"응, 꼭. 약속할게. 애기도 많이 낳자."

"애기?"

"응. 너랑 나 닮은 애기. 많이 많이 낳아서 행복하게 키우자."

그제야 혜미가 미소를 지었다.

"응, 많이 낳자. 사랑해."

12년.

친구, 짝사랑, 연인.

그리고 이제 부부, 세상에서 가장 가까운 사이인 가족이 된 그들은 입을 맞추었다.

찰싹찰싹.

인도양의 파도가 그들의 미래를 축복하듯 차분히 움직였다.

둘은 세이셸 군도에서 행복한 신혼여행을 보냈다.

세이셸 군도는 낙원이란 말이 어울리는 휴양지로 한평생을 치열히 달려오기만 한 진현은 진정한 휴식을 누렸다.

'좋구나.'

햇볕 아래 누워 있으며 나른히 생각했다. 혜미가 시원한 과일을 진현에게 내밀었다.

"과일 먹어, 자기야."

"응."

둘은 좀 더 애틋하게 서로의 호칭을 바꾸었다. 친구로 지낸 기간이 워낙 길어 어색했지만 결혼까지 했는데 딱딱히 이름만 부를 수도 없는 노릇이다.

행복한 시간들이었다.

그런데 신혼여행이 반쯤 지났을 때, 의외의 일이 일어났다. 세이셸 군도의 거리를 걷는데 한국 사람을 발견한 것이다.

마른 인상의 나름 잘생긴 남자가 연인으로 추정되는 여자와 걷고 있었다.

"……!"

진현은 인상을 찌푸렸다.

'저 남자는?'

물론 그들이 세이셸 군도를 전세 낸 것도 아니니 한국 사람을 만날 수도 있다.

발리, 하와이, 몰디브보다는 드물지만 관광, 휴양으로 오는 사람들도 가끔 있었고.

문제는 모르는 사람이 아니었단 것이다. 그건 상대도 마찬가지인 듯 진현을 보고 화들짝 말했다.

"아니, 너는?"

마치 못 볼 사람이라도 만난 표정.

남자의 옆에 서 있던 여인이 물었다.

"강민 씨, 아는 사람이에요?"

"아… 아니, 그냥… 저, 저쪽으로 가자."

강민이라 불린 남자는 허겁지겁 반대 방향으로 사라졌다.

진현은 고개를 갸웃했다.

'누군데 날 보고 저러지? 한데 어디서 본 것 같은데?'

혜미에게 물었으나 그녀도 고개를 저었다.

"누군지 알아?"

"어디서 봤던 얼굴인 것 같긴 한데… 누구지……?"

"강민……? 설마?"

진현은 여자가 말한 이름을 중얼거리다 남자가 누군인지 갑자기 깨달았다.

"강민?! 그래, 김강민이야! 그 의과대학 같이 다니던!"

"에엑? 그 돼지 김강민이라고?"

돼지 김강민!

의과대학 본과 1학년 시절, 성적 조작 등 추잡한 수작을 부리다 휴학한 김강민이었다!

그 뒤로 신경도 안 쓰고 살았는데, 갑자기 이런 곳에서 만나다니?

"살 많이 빠졌네……."

"그러게."

너무 많이 빠져 완전히 얼굴이 달라졌다.

환골탈태? 심지어 잘생겨지기까지 했다.

"뭐, 신경 쓰지 말자. 어차피 상관없는 놈이니."

"응."

진현은 그렇게 말했으나 그 뒤로 그들은 계속해서 마주쳤다. 애초에 군도 자체가 넓지 않았고 관광 포인트가 뻔했기 때문이다. 심지어 호텔도 같은 곳이었다.

'뭐야, 신혼여행까지 와서.'

진현은 인상을 찌푸렸으나 한 가지 다행인 점은 이전처럼 시비를 걸거나 하진 않는다는 것이었다. 오히려 둘을 만나면 눈치를 보며 슬그머니 다른 곳으로 자리를 비켰다.

진현과 혜미도 점점 그를 신경 쓰지 않았다.

김강민 따위에게 신경 쓰기엔 신혼여행이 너무 짧았다.

"좋다. 계속 이렇게 쉬고 싶다."

그리고 신혼여행이 얼마 남지 않은 오후.

혜미는 파라솔에 누워 행복한 얼굴로 말했다.

저 멀리 얼핏 김강민이 있었으나 서로를 향하는 그들의 눈엔 보이지 않았다.

진현이 웃었다.

"계속 이렇게 쉴까?"

"응?"

"나 돈 많은데. 이제 평생 놀면서 살아도 돼."

빈말이 아니었다.

그가 미국에서 제약회사들과 제휴해 번 돈은 그야말로 어마어마해 적당한 건물들을 몇 채 사서 평생 월세나 받으며 살아도 될 정도였다.

'그러고 보니 회귀 후 꿈이 피부과 의사해서 번듯한 건물의 주인이 되는 거였는데…….'

한국대 의대를 졸업 후 인턴을 할 때만 해도 자신이 이런 길을 걸을 것이라곤 생각지도 못했었다.

그때 혜미가 입술을 내밀었다.

"됐어. 돈은 나도 많아. 내가 자기보다 많을걸?"

"그야 그렇지."

진현이 아무리 많이 벌었다 해도 재벌 3세인 그녀에 비할까?

그녀는 초등학생 때 이미 강남 고층 건물의 건물주였다.

"나도 의사로서 이루고 싶은 꿈이 있어."

"어떤?"

하지만 그녀는 웃을 뿐이었다.

"비밀이야."

"응? 그게 무슨 비밀이야."

"몰라. 민망하니 알려고 하지 마."

진현은 의아한 표정을 지었으나 그녀는 입을 열지 않았다.
“뭐야, 궁금하잖아.”
“몰라. 안 알려줘. 민망하단 말이야.”
그런데 그때였다!
파라솔 옆 수영장이 갑작스럽게 시끄러워졌다.
“꺄악! Help me! 여기 누가 도와주세요!”
놀라 바라보니 중년의 백인 남성이 가슴을 부여잡고 쓰러져 있었다.
‘급성 심장마비(Sudden cardiac arrest)!’
진현과 혜미는 서로를 바라보더니 누가 먼저라 할 것 없이 쓰러진 남자에게 뛰어갔다. 정말로 심장마비라면 1초라도 빨리 심폐소생술을 시행해야 환자를 살릴 수 있다.
‘아니, 무슨. 신혼여행 중에 심장마비 환자야!’
진현은 속으로 비명을 질렀으나 어쩔 수 없는 일이었다.
하늘은 신혼여행 중에도 그가 쉬길 원하지 않는 듯했다.
“컴프레션(Compression:가슴압박)!”
웅성거리는 사람들을 제치고 진현과 혜미는 심폐소생술을 시작했다. 번갈아 가며 가슴을 압박하고 인공호흡을 하고, 진현은 안전 요원에게 외쳤다.
“제세동기 좀 가져와 주십시오!”
최고급 호텔의 수영장이라 다행히 제세동기가 있었다.
그렇게 심실 부정맥으로 전기 충격 후 심폐소생술을 진행하는데, 진현은 입술을 깨물었다.
‘우리 둘만으론 손이 모자라.’

제대로 된 심폐소생술을 진행하려면 5명 정도의 인원이 필요했다. 5명까진 못하더라도 3명은 있어야 호흡, 가슴압박, 전기충격 등을 수행할 수 있다.

둘만으론 한계가 있었다.

'어떻게 하지?'

진현은 초조한 마음이 들었다.

처음 보는 남자지만 생명이 걸린 일이다

지금 심폐소생술에 따라 이 남자의 운명이 결정될 것이다.

'심폐소생술 교육을 받은 직원은 없나?'

한국만 해도 안전 요원들이 모두 심폐소생술 교육을 받지만 여긴 아프리카다.

"아아, 제발 살려주세요!"

옆에서 부인으로 보이는 백인 여자가 발을 동동 굴렀다.

'이런.'

진현이 가슴을 압박하며 입술을 깨물 때였다.

의외의 도움이 나타났다.

"같이하자. 내가 가슴압박을 할게."

"……!"

익숙한 한국어.

김강민이었다!

방금 수영하다 나왔는지 수영장 물에 흠뻑 젖어 있었다.

놀라 바라보니 그는 머쓱한 표정을 지었다.

"나도 외과의사야. 심폐소생술은 지긋지긋하게 해봤으니 같이하자."

더욱 놀라운 이야기였다.

그 찌질함의 대명사 김강민이 외과의사가 되었다고?

믿을 수 없었지만 지금은 그런 것을 따질 때가 아니었다.

"그래, 부탁한다."

"ACLS(Advanced Caridiac Life Support—전문심장소생술) cycle 대로 가자."

서둘러 물기를 깨끗이 닦은 김강민이 합류했다. 인원이 3명으로 늘자, 심폐소생술이 훨씬 견고해졌다. 단순 기본(BLS)에서 제대로 체계(ACLS)를 갖추게 된 것이다.

그리고 몇 분 뒤, 김강민이 외치며 전기 충격을 주었다.

외과의사란 말이 거짓이 아닌지 능숙한 움직임이었다.

"차징(Charging)! 쇼크!"

퍼억!

거센 전기에 환자의 몸이 흔들렸고…….

뚝. 뚝.

다시 맥이 돌아왔다.

"하아… 다행이다."

3명은 안도의 숨을 내쉬었다.

"감사합니다. 감사합니다!"

남자의 부인이 울며 감사를 표했다.

하지만 그들은 고개를 저었다. 지금부터가 더욱 중요한 때로 한가히 감사를 받을 때가 아니었다. 어서 추가적인 응급조치 후 병원으로 이송해야 한다.

"여기 빨리 병원으로 옮길 준비를 해주십시오!"

정신없는 시간이 지나고, 다행히 환자는 헬기를 타고 병원까지 무사히 이송할 수 있었다. 모두 그들 덕분이었다.

혜미는 지친 숨을 내쉬었다.

"하아… 이게 뭐야. 신혼여행에서 심폐소생술이라니."

"그러게. 그래도 늦지 않게 조처해서 다행이네."

진현도 진땀을 닦았다.

그나마 환자가 좋아져서 다행이었다.

한편 함께 병원까지 환자를 이송한 김강민은 별말이 없었다. 그저 어색한 얼굴로 먼 하늘만 바라볼 뿐.

"수고하셨습니다, 닥터. 호텔까지 모셔드리겠습니다."

헬기 조종사가 깍듯하게 말했다.

"감사합니다."

3명은 헬기에 다시 올라타 세이셀 군도로 향했다.

"……."

헬기 프로펠러 소리를 들으며 3명은 뻘쭘한 얼굴을 했다.

학창시절 지독한 악연이다가 이런 식으로 좁은 헬기에 마주보고 앉아 있으니 어색하기 그지없었다.

"…잘 지냈냐?"

"…응."

김강민은 바다를 내려다보며 고개를 끄덕였다.

확실히 잘 지낸 것 같긴 하다. 살도 빠졌고, 나름 미남으로 변했으며 무엇보다 아집으로 가득 차 있던 눈빛. 그것이 사라졌다.

다다다—

헬기가 나선으로 비단 같은 인도양을 갈랐다. 저물어가는 황혼이 바다를 황금빛으로 물들였다.

"다 도착했습니다. 수고하셨습니다!"

승강장에 내리니 어스름한 저녁으로 바닷바람에 머리칼이 찰랑였다.

"호텔 방 들어갈 거지?"

"어, 여자친구도 기다리고 있을 거고."

그때 같이 있던 여자가 애인이었나 보다.

진현은 고개를 끄덕였다.

"그래, 오늘 수고했다. 고마웠고. 잘 쉬어라."

뭔가 뜨뜻미지근한 헤어짐이었으나 어차피 스쳐 지나가는 인연.

이번 여행이 끝나면 다시 그를 만날 일도 없을 것이다.

"가자, 혜미야."

"응. 들어가서 쉬고 싶어."

그러고 호텔 방으로 향하는데 의외의 외침이 그를 잡았다.

"잠깐, 김진현!"

김강민이었다.

고개를 돌리니 그가 어색한 표정을 짓고 있었다.

"응?"

"그때… 미안했다."

"……!"

진현이 눈이 커졌다.

김강민은 주저하며 말을 이었다.

"그때 내가 많이 어렸지. 정말 미안했다. 한번 이 이야기를 하고 싶었는데… 이제야 기회가 됐네."

진현의 얼굴에 잔잔한 미소가 서렸다.

김강민이 사과하는 것은 본과 1학년 때 일으켰던 사건에 대해서다. 참 추악한 짓거리였지만 벌써 십여 년이나 된 이야기다.

그사이 강산이 변한다는 이야기처럼 이 녀석도 정말 많이 변했다.

"괜찮다. 벌써 10년 전 이야기인데, 뭘."

김강민은 혜미도 바라봤다.

"혜미, 너한테도 미안하고."

"아, 아. 응."

김강민은 머리를 긁적였다.

"그때 이후로 나도 이런저런 일 겪으면서 많은 생각을 했거든. 그때 다 미안했다."

완전히 딴판으로 바뀐 그 모습에 진현은 기분 좋은 따뜻함을 느꼈다. 10년의 세월을 건너 이런 인연으로 재회하는 것도 나름 의미 있는 만남이리라.

그런데 왜일까?

그 순간, 진현은 한 인물을 떠올렸다.

이상민.

오랜 친구, 악연, 용서받지 못할 죄인.

그도 바뀔 수 있었을까?

'됐어. 의미 없는 이야기야.'

진현은 고개를 저었다.

어차피 이제 다시는 만날 일 없는 놈이다.

그는 그가 저지른 죗값을 평생 동안 치를 것이고 이제 자신은 자신의 인생을 살면 된다.

그때 김강민이 말했다.

"참, 나도 외과 선택했다. 지금 한국대 병원에서 레지던트 중이야."

그건 정말 의외였다.

피부과 교수인 아버지를 따라 피부과를 전공할 줄 알았는데?

"왜 외과를?"

"의대 졸업하고 유학 와서 빈둥거리고 있는데… 한국의 한 의학 다큐멘터리 프로그램을 봤거든. 그때 주인공이었던 의사가 너무 멋져 외과를 하기로 결정했지. 그런데 그때 나온 외과 의사가 누군지 알아?"

"글쎄?"

진현은 고개를 갸웃했다.

굿 닥터, 명의 같은 프로그램인가? 외과의사야 워낙 멋진 분이 많으니.

그런데 김강민은 지금까지 했던 말들 중 가장 놀라운 이야기를 하였다.

"너야, 김진현."

"…뭐?"

"널 방송한 프로그램이었어. 같은 동기였는데 나와 달리 환자를 위해 사는 네 모습을 보고 외과의사가 되기로 결정한 거야."

진현은 입을 벌렸다.

이게 무슨 황당한 이야기?

김강민은 씨익 웃으며 손을 내밀었다.

악수 신청이었다.

진현은 얼떨떨하게 그 손을 잡았다.

"어쨌든 만나서 반가웠다. 다시 만날 일이 있을지 모르지만… 기회가 되면 또 보자."

"…그래."

"언젠가 너와 같은 외과의사가 되겠어."

낯간지러운 이야기에 진현은 민망한 표정을 지었다.

이놈이 왜 이렇게 변했지?

사람이 이렇게 변해도 되는 거야?

그 후 며칠이 지나고, 혜미와 진현의 신혼여행이 끝났다.

부부가 된 그들은 미국에 보금자리를 마련했고 다시 시간이 흘렀다.

* * *

진현은 세인트 죠셉의 교수로, 혜미는 유학생으로 신혼생활을 시작했다.

이후 그의 삶은 다음과 같은 한마디로 요약할 수 있었다.

성공한 삶.

외과의(Surgeon)으로서도, 의학자(Academic physician)로서도

최고의 삶이었다.

1년, 2년이 지날 때마다 그의 명성은 하늘 높은 줄 모르고 치솟았다.

이전의 그가 미국 의학계의 떠오르는 신성(新星), 슈퍼 루키에 불과했다면 5년간의 시간이 지난 후 그는 미국… 아니, 세계에서도 꼽히는 진정한 대가가 되어 있었다.

물론 난관이 없었던 것은 아니다.

아무리 재능이 뛰어나다지만 어린 동양인의 승승장구에 시기와 질투가 왜 없겠는가?

하지만 진현은 그 모든 것을 꿋꿋이 이겨냈다.

서른 중반이 된 그는 최근 5년간 가장 많은 의학적 업적을 남긴 의학자이자, 수술이 어려운 고난도 난치성 간암 환자의 희망인 마스터 서전(Master surgeon)이 되었다.

아, 물론 아무리 그라도 견디기 어려운 고비는 있었다.

결혼 후 2년 만에 아이를 가진 혜미의 난산이었다.

"나 괜찮아. 걱정하지 마."

미국에서도 꼽히는 명문 병원, 세인트 죠셉 병원.

그중에서도 최고의 산부인과 의료진이 달려들었음에도 아이와 산모, 둘 모두 생사를 장담하기 어려운 난산이었다.

'제발……!'

분만장 밖에서 진현은 두 손을 모으고 간절히 빌었다.

세계 최고로 꼽히는 외과의사이면 뭐할까?

가장 사랑하는 이가 위급할 때 아무런 도움도 줄 수 없는데.

이때만큼은 그간의 성공이 모두 덧없이 느껴졌다.

째각째각.

억겁 같은 몇 시간이 지나고 드디어 분만장의 문이 드륵 열렸다.

흰 머리 지긋한 산부인과 주임교수가 진현에게 다가왔다. 마스크 너머 표정이 보이지 않았다.

"어, 어떻습니까?"

산부인과 교수의 눈매가 호선을 그렸다.

"다 잘됐네. 어려웠지만 건강하게 태어났어. 산모는 피를 워낙 많이 흘려 당분간 치료를 받아야겠지만 다행히 큰 문제는 없을 것이네."

"아……! 정말 감사합니다! 정말 감사합니다!"

진현은 크게 고개를 숙였다.

급히 안으로 들어가 보니 부러질 것같이 여린 남자아이가 응애응애 울고 있었다.

"자기야. 우리 애기야."

혜미가 창백한 얼굴로 미소 지었다. 진현은 그녀의 손을 잡았다.

"응, 우리 아기야. 수고했어. 정말로."

그의 손길을 느끼며 혜미는 눈을 감았다.

"잘 키우자. 행복하게."

진현은 고개를 끄덕였다.

"응. 꼭."

어렵게 낳았기에 더욱 금쪽같은 아들이었다.

그 뒤 평온하고 행복한 나날들이 이어졌다.

몇 년의 시간이 더 흐르고, 아이가 걸음마를 떼고 말을 하며 재롱을 떨기 시작할 때 진현은 자신의 의학 업적에 획을 그을 전기를 마주했다.

"닥터 김, 이것 좀 봐주시겠어요?"

젠틀한, 이제는 머리가 희끗해지기 시작한 미중년 데이비드가 진현에게 말했다.

"무슨 일입니까?"

"감염내과(Division of Infectious disease)에서 컨설트가 왔는데 조금 이상해서요."

그러면서 데이비드는 설명을 했다.

"원인 불명의 발열(Fever of unknown origin)로 치료 중이고, 장폐색이 심하게 왔어요. 간 수치도 이상하게 높고… 혈소판도 낮고… 뭔가 이상해요."

옆에서 외과, 그중에서도 대장 쪽 전문가인 로버트 교수가 말했다.

"발열에 동반된 장 폐색의 가능성이 높아 급하게 수술적 교정을 할 필요는 없을 것 같은데… 뭔가 좀 이상해."

그 말에 진현은 고민했다.

'발열, 장 폐색…….'

여기까지는 특별할 것은 없었다. 고열에 동반해 장 기능이 떨어져 폐색이 오는 것은 흔한 일이었으니까.

'그런데 간 수치와 혈소판은 왜 안 좋은 거지? 중증 바이러스성 감염인가?'

거기까지 생각한 진현은 퍼뜩 놀랐다.

'가만. 그러고 보니 지금 시기가…….'

"혹시 환자분에게 여행력은 없습니까?"

"여행력이라니?"

"그러니까 최근 아프리카를 방문했다든지……."

데이비드가 손뼉을 쳤다.

"아! 이 환자분, 남아프리카 공화국에 주재원이라 일하는 사람이라고 하던데. 그건 왜 물어보세요?"

"……!"

진현의 얼굴이 어두워졌다.

남아프리카 공화국.

점점 느낌이 안 좋아진다.

'설마 아니겠지? 아직 그 시기는 아니야.'

그의 머리에 한 가지 단어가 떠올랐다.

테노포 바리어스.

그가 사십 대 초반에 회귀 전, 사스(SARS), 조류독감, 신종플루처럼 전 세계를 공포에 몰아넣었던 전염병이었다.

'남아프리카 공화국. 테노포 바이러스의 가능성이 있어.'

테노포 바이러스는 원인불명의 발열과 장 폐색이 나타나는 질환으로 악화 시 장이 썩어 들어가며 사망하게 된다.

주로 남아프리카의 동물, 스프링복(Springbok)의 임파선 안에 머물다 드물게 인체 감염을 일으키며, 몇 년 뒤 RNA 돌연변이로 사람 간 전염성을 획득해 대유행을 겪기 전까지는 그저 남아프리카의 풍토병으로만 치부되던 질환이다.

'과거 대유행한 사스(SARS)와 비슷한 경우지. 사스도 중국 광

동성 사향고양에 서식하는 코로나 바이러스가 인체에 감염돼 대유행한 경우니까.'

사스를 일으키는 코로나 바이러스의 숙주가 사향고양이인지 박쥐인지는 논란이 있었지만, 의학계 역학자(Epidemiologist) 일부는 사향고양이를 숙주로 생각했다.

사향고양이를 요리하는 요리사가 사스에 감염 후, 그 환자를 진료한 광동성의 의사가 홍콩에 학회에 참여.

당시 같은 호텔에 머무는 투숙객들이 단체로 감염된 후 전 세계로 퍼졌다는 설이다. 물론 이 환자의 증상이 테노포 바이러스에 의한 것인지는 명확하지는 않다. 그래도 확인해 볼 필요는 있었다.

"이 환자는 남아프리카의 질환인 테노포 바이러스의 감염 여부를 확인해야 할 것 같습니다."

"테노포 바이러스?"

데이비드와 로버트는 의아한 표정을 지었다.

당연했다.

아직까지 테노포 바이러스는 미생물 전공, 그중에서도 저명한 바이러스 학자(Virologist)가 아니면 이름도 들어보지 못한 질환이니까.

'하버드의 웨슬리 박사가 바이러스의 존재를 규명한 논문을 발표한 것이 불과 1년 전이었지?'

하버드의 웨슬리 박사는 테노포 바이러스의 존재를 입증한 업적으로 대유행이 끝난 후 노벨 생리의학상의 수상후보가 된다.

"테노포 바이러스는……."

진현은 환자의 증상과 테노포 바이러스의 유사점을 설명했다. 세인트 죠셉의 의사들은 진지한 얼굴로 경청했다.

"흠… 생소한 질환이긴 하지만… 계속 발열의 원인을 못 찾는 불명열(Fever of Unknown Origin) 환자니 확인해 볼 필요는 있겠어요. 닥터 김의 말대로라면 충분히 의심해 볼 만하고."

솔직히 다른 사람이 이런 주장을 했으면 무시했을 수도 있다. 원체 들어본 적 없는 질환이기 때문이다. 하지만 다른 사람도 아닌, 세계적 대가로 인정받는 진현의 의견이었다.

"확인하려면 어떤 검사를 해야 할까요?"

"대부분 바이러스혈증(Viremia) 상태이기 때문에 피를 채취 후 RNA(Ribonucleic acid, 리보핵산:DNA와 함께 유전정보의 전달에 관여하는 핵산의 일종.)를 확인하는 Western blot(특수단백질검출검사), PCR(Polymerase chain reaction:중합효소 연쇄반응) 검사를 해보면 됩니다. 하버드대의 웨슬리 박사님에게 부탁하면 검사를 진행해 줄 것입니다. 그리고 더 중요한 것은 늦지 않게 CT를 다시 찍어 장의 괴사가 진행하는지 여부를 확인해 봐야 합니다."

진현의 의견은 그대로 받아들여졌다.

다음 날 CT를 찍으니 정말로 장이 썩는 괴사 소견이 확인되어 광범위 장 절제술을 시행하였고, 환자는 사경을 몇 번이나 넘긴 끝에 간신히 회복될 수 있었다.

"닥터 김, 역시 미라클! 어떻게 이런 희귀 질환을?"

늘 그렇듯 데이비드는 진현에게 감탄을 보냈다. 어리지만 존경스러운 동료인 닥터 김을 보고 있으면 감탄이 끊이질 않는다.

데이비드뿐 아니라 감염내과의 의사들도 감탄을 터뜨렸다.

이런 희귀 바이러스성 감염을 진단하는 것은 자신들도 어려운데 전공도 아닌 외과의사가 해낸 것이다. 하지만 진현은 겸손히 고개를 저을 뿐이었다.

“아닙니다. 환자가 좋아져서 다행입니다.”

그러면서 그는 걱정이 들었다.

‘그러고 보니 몇 년 뒤에 테노포 바이러스 전염병이 유행하겠구나. 스페인 독감 때처럼은 아니어도 많이들 죽을 텐데… 치료제가 없으니.’

전염성 자체는 다른 호흡기 바이러스 전염병보다는 훨씬 덜했지만 치료제가 없는 것이 치명적이었다.

당시 한국은 다행히 유행 지역에서 비켜갔지만, 의료 인프라가 취약한 아프리카와 중동 쪽은 굉장한 피해를 입었었다.

‘안타까운 일이지만… 외과의사인 내가 어떻게 할 수 있는 일은 아니니…….’

그렇게 생각하다 진현은 문득 이전 삶에서 읽었던 논문을 떠올렸다.

테노포 바이러스의 유행이 끝나갈 무렵에 발표된 논문으로 전공 외과 분야는 아니었지만 워낙 중대한 질환의 발표라 기억이 났다.

‘RNA 바이러스를 타겟으로 하는 항바이러스제의 일부가 테노포 바이러스의 증식 억제에 효과가 있었다는 내용이었지? 장의 괴사로 진행도 막아, 사망률 감소에도 도움이 되었고.’

하지만 진현은 고개를 저었다.

그 논문의 내용이 정말로 사실이면 앞으로 발생할 사망자를 극적으로 낮출 수 있겠지만… 신빙성이 떨어졌다. 대규모 선행 연구도 아니었고 하다못해 후향적 연구도 아니었기 때문이다.

몇몇 환자에게 적용한 사례를 정리해 리포트한 것으로 그저 가능성을 보여줄 뿐, 실제로 그 약제가 테노포 바이러스에 효과가 있다고 입증한 것은 아니었다.

'그래도… 아예 새로운 약을 개발하는 것도 아니고 기존의 약을 사용하는 것인데 한번 임상 연구(Clicinal trial)를 시도해 볼 가치는 있지 않을까?'

실패해도 손해 볼 것이 없고 성공하면 수많은 사람의 생명을 살릴 수 있다.

마침 오랜 파트너이자 이제는 친한 친구처럼 지내는 에이미 엔더슨의 헤인스도 해당 약제를 생산, 판매한다.

생각이 정리된 진현은 에이미와 미팅을 잡았다.

—미스터 김? 무슨 일이에요?

"업무로 상의할 일이 있는데 시간 괜찮으십니까?"

—당연히 괜찮죠. 언제 볼까요?

진현은 헤인스에서 황금을 낳는 마이더스의 손으로 통한다. 미래의 지식을 이용해 손을 대는 프로젝트마다 잭팟이 터졌기 때문이다.

*　*　*

세월의 흐름을 완전히 비껴갈 수는 없었지만 그래도 에이미는 여전히 아름다웠다.

과거 진현에게 마음을 주었지만 지금은 깨끗이 정리한 모습으로 독신인 그녀는 성공을 향해 달리고 있었다. 이런 추세대로라면 헤인스는 몇 년 지나지 않아 최연소 여성 CEO를 맞이할지도 모른다.

"잘 지내셨어요?"

"네, 오랜만입니다."

"그런데 어떤 일 때문에 보자고 한 거예요?"

에이미는 기대 서린 눈빛으로 말했다.

그녀는 그가 학생 때 TC80 프로젝트부터 오랜 기간 함께 일해 왔다. 폐기 직전의, 문제가 생긴 프로젝트를 가져가면 진현은 마술사처럼 그 문제를 해결해 주었다.

마치 그의 별명인 미라클처럼.

그런 그의 제안이라니. 어떤 프로젝트일지 기대가 안 될 수가 없었다.

"테노포 바이러스 감염의 치료제에 대한 프로젝트입니다."

"테노포 바이러스요?"

에이미는 고개를 갸웃했다.

처음 듣는 바이러스다.

진현은 말을 이었다.

"남아프리카에 주로 서식하는 스프링복을 숙주로 하는 바이러스입니다. 최근 하버드의 웨슬리 박사에 의해 증명되었고, 드물게 인체 감염을 일으키는데 30%의 높은 치사율을 보입니다."

진현은 차분히 설명했다.

에이미의 눈이 커졌다. 치사율 30%면 어마어마하게 높은 사망률이다. 단일 질환으로는 거의 최고의 치사율. 패혈증 쇼크(Septic shock)에 맞먹는 것이다.

"…그래서 기존에 RNA 바이러스를 타겟으로 하는 헤인스의 항바이러스제로 임상 연구(Clinical trial)를 해봤으면 합니다."

생각지도 못한 제안이었다.

"…분명 말씀하신 바이러스라면 분자구조식상 저희 회사의 RNA 바이러스를 타깃으로 한 항바이러스제가 도움이 될 수도 있겠군요. 물론 임상 연구를 해봐야 알겠지만. 실제로 효과가 있으면 치사율도 낮출 수 있겠고요."

에이미는 고개를 끄덕였다.

"성공만 하면 큰 의미가 있겠어요. 30%의 치사율을 크게 낮출 테니."

분명 가능성 있는 이야기고 시도해 볼 만한 연구였다. 의학적 가치도 컸고.

그러나 그녀의 목소리는 어딘가 떨떠름했다. 얼굴도 혹한 표정이 아니다.

에이미는 주저하더니 물었다.

"하지만… 이게 시장가치가 있을까요, 미스터 김? 제 생각엔 남아프리카에서도 원체 드문 질환이라 성공해도 큰 수요가 없을 것 같은데. 아! 물론 치사율을 크게 낮출 테니 의학적 가치는 크겠지만… 그래도……."

진현은 쓴웃음을 지었다.

그녀의 입장에서 당연한 물음이다.

헤인스는 수익을 우선으로 생각하는 제약회사, 그곳의 이사인 그녀로서는 시장성을 생각 안 할 수가 없다.

'지금으로선 시장가치가 별로 없지. 몇 년 뒤 돌연변이를 통해 인체 간 감염력(Human to human infection)을 획득하면 이야기가 달라지겠지만.'

무려 치사율 30%의 바이러스다. 유행하기 시작하면 전 세계가 치료제를 사들일 것이다.

몇 년 뒤 생길 돌연변이는 공기 전염이 아니라 체액 전염이라 감염력이 비교적 낮았지만 치사율이 워낙 높아 전 세계가 한때 공포에 떨었었다.

'카피(Copy) 약이라도 있으면 대일 바이오와 연구를 진행하면 될 텐데. 비교적 신약이라 아직 헤인스에서 특허권을 쥐고 있으니.'

진현은 입을 열었다.

"지금은 시장성이 크지 않지만… 의학적 가치는 굉장히 크다 생각합니다. 그리고… 어쩌면 시장이 커질지도 모르고요."

이해할 수 없는 말이었다.

시장이 커질 수도 있다니?

에이미는 고개를 갸웃했지만 진현은 그 이상의 말을 할 수가 없었다. 점쟁이도 아니고 미래를 알고 있다고 말할 수도 없는 노릇이고.

'무엇보다 이 약이 테노포 바이러스에 정말 효과가 있을지도 모르는 일이고.'

몇몇 사례에서 도움이 되었다지만 실제로 그 약이 테노포 바이러스 치료제로 사용할 수 있을지는 아무도 모르는 일이었다.

그건 실제 감염 환자와 대조군을 대상으로 임상 시험을 해봐야 알 수 있다.

"……."

에이미는 아메리카노를 마시며 잠시 침묵했다.

진현은 독촉하지 않고 그녀가 생각을 정리할 시간을 주었다. 그리고 그 아메리카노가 바닥을 보일 즈음, 그녀가 입을 열었다.

"알았어요. 진행해 보죠."

"……!"

진현은 놀라 에이미를 바라봤다.

"괜찮겠습니까?"

시장가치도 적고 실패할 수도 있는 프로젝트인데 이렇게 선선히 승낙하다니?

"사실 합리적으로 생각하면 이번 제안은 거절하는 게 맞죠. 수익이 날지도 모르고 성공할지도 모르니. 아니, 실패할 가능성이 더 높은데."

하지만 에이미는 살짝 웃었다.

"그래도… 다른 사람도 아닌, 미스터 김의 제안이잖아요."

믿음이 가득한 목소리.

그래, 그녀는 머리가 아닌 가슴으로 그의 제안을 승낙한 것이다.

"저는 당신을 믿어요."

그녀의 신뢰가 진현의 가슴을 뭉클하게 했다.

"감사합니다. 정말로."

그녀는 싱그럽게 웃었다.

"뭐, 그걸 떠나 마이더스의 손이라 불리는 미라클 김의 제안이잖아요. 이번에도 잭팟이 터지겠죠. 미스터 김의 말대로 의학적 가치가 크기도 하고. 새로 약을 개발하는 것도 아니고 그냥 스터디 디자인해서 임상 시험만 하면 되니 큰돈이 드는 것도 아니고."

틀린 말은 아니었다.

시장가치가 적을 뿐이지 의학적 가치는 컸고 기존에 개발된 약을 사용하는 것이니 헤인스 입장에서 큰돈이 들 것도 없었다.

"그래도 감사합니다."

"아니에요. 혹시 알아요? 미스터 김의 말처럼 시장이 커질지?"

진현은 속으로 고개를 저었다.

과거처럼 테노포 바이러스가 돌연변이를 획득하면 단순히 시장이 커지는 수준이 아닐 것이다. 유행이 끝날 때까지 헤인스의 모든 공장을 항 바이러스 약제를 생산하는 데 돌려야 할지도 몰랐다.

헤인스의 최고 간부인 그녀가 동의하자, 프로젝트 진행은 급물살을 탔다.

테노포 바이러스의 존재를 입증한 바이러스학의 대가, 하버드의 웨슬리 박사도 프로젝트에 참여했다.

"남아프리카의 테노포 바이러스의 감염자를 대상으로 항 바이러스제의 효과를 확인하는 연구라고요?"

웨슬리 박사는 커다란 돋보기안경을 낀 머리가 하얀 노인으로 전형적인 학자형 외모를 가지고 있었다.

웨슬리 박사는 진현의 제안에 눈을 빛냈다.

"분명 RNA 구조상 효과가 있을 수도 있겠군요. 물론 임상 실험을 해봐야 알 수 있겠지만, 만약 성공만 한다면 치사율을 크게 낮출 수 있겠습니다."

"네, 남아프리카 공화국의 대형 병원들과 연계하여 환자군을 모은 후 약효를 확인하고자 합니다. 가능하면 다른 남아프리카의 대형 병원도 섭외하고요. 환자군이 많을수록 연구의 신뢰도가 높아지니."

물론 남아프리카 공화국 말고는 인프라가 열악해 얼마나 참여할 수 있을지는 의문이긴 하다.

"그러면 다국적, 다기관 선행연구가(Multi-center, prospective study)가 되겠군요."

"네."

다국적, 다기관 선행연구.

의학적으로 가장 가치 있다고 여겨지는 연구로 이런 종류의 연구는 설사 실패하더라도 큰 업적으로 남는다. 실패 자체로도 의학적 의미가 있기 때문이다.

연구 진행에 큰 문제는 없었다.

진현은 이런 대규모 연구를 진행한 경험이 숱하게 있었고, 남아프리카 측도 치사율 30%의 테노포 바이러스의 치료제의 연구에 쌍수를 들고 환영했다.

다만 한 가지 문제가 있었다.

진현은 웨슬리 박사에게 물었다.

"저보고 이 연구의 치프 디렉터가 되라는 말씀이십니까?"

치프 디렉터.

다기관 연구의 책임자를 뜻하는 것으로, 연구가 성공 시 가장 큰 공을 가져갈 수 있는 자리이다. 진현은 원래 치프 디렉터의 자리를 하버드의 웨슬리 박사에게 돌리려 했다.

자신은 사실 바이러스 감염과 상관도 없는 외과의사이고, 테노포 바이러스의 존재 자체를 웨슬리 박사가 증명하지 않았으면 시도도 못해볼 연구였기 때문이다.

하지만 웨슬리 박사는 고개를 저었다.

"저도 치프 디렉터 자리가 탐나긴 합니다. 그래도 이 프로젝트의 아이디어는 온전히 닥터 김의 것이고, 진행에도 가장 큰 몫을 하고 있는데 어떻게 제가 치프 디렉터가 되겠습니까?"

"하지만… 저는 감염내과 의사도 아니고, 사실 바이러스와 상관없는 외과의사인데 이런 대규모 연구의 치프를 맡기엔……."

웨슬리 박사는 이를 드러내며 웃었다.

"그냥 외과의사가 아니라 미국에서 가장 빛나는 외과의사 중 한 명이지요. 다른 사람도 아닌 닥터 김의 이름값이면 치프를 맡기 충분한 것 같습니다."

웨슬리 박사는 이전부터 진현을 알고 있었다고 한다.

전공은 다르지만 워낙 의학계에서 유명한 이름이라 도대체 어떤 외계인일지 궁금했다고.

막상 만나 보니 깍듯이 예의 바른 동양의 젊은 의사라 놀랐다

한다. 그렇게 진현은 연구의 치프가 되었다.

'누가 총책임자가 되든 상관없으니 꼭 좋은 결과가 있으면 좋겠구나.'

애초에 학문적 업적을 바라고 시작한 프로젝트가 아니었다. 학문적 업적은 이제 질리도록 쌓은 상태다.

진현은 그저 좋은 결과가 있기만을 바랐다.

하지만 그는 모르고 있었다.

이 프로젝트로 인해 자신의 의학계에서 위상이 또다시 얼마나 오를지.

웨슬리 박사는 테노포 바이러스의 존재를 규명한 것만으로도 노벨 생리의학상 후보자가 되었다.

그 바이러스의 치료제를 개발하는 이 프로젝트가 성공한다면, 그리고 진현 덕분에 대유행 시 사망률이 급감한다면 노벨 재단은 노벨 생리의학상의 후보로 웨슬리가 아닌, 진현을 꼽을 것이다.

물론 아직 일어나지 않은 미래의 이야기다.

* * *

그렇게 진현은 바쁜 나날들을 보냈다.

성공으로 빛나는 시간들이 지났고, 그도 점점 나이를 먹어갔다.

서른 중후반.

몇 년 만 지나면 마흔을 바라볼 그때, 그는 응급 간이식 수술을 끝내고 지친 몸을 달래러 세인트 죠셉 병원 근처의 센트럴 파크에서 휴식을 취하고 있었다.

'다음 수술까지 시간이 좀 있으니.'

맨해튼의 대공원인 센트럴 파크에는 그 말고도 휴식을 취하는 사람이 많았다. 문득 벤치에서 손을 잡고 사랑을 속삭이는 이십 대의 젊은 남녀를 보며 진현은 생각했다.

'시간이 참 빠르구나.'

자신도 저렇게 젊었을 때가 엊그제 같은데 벌써 서른 중후반이다.

'잘 살고 있는 거겠지?'

그는 하늘을 올려다보았다.

처음 회귀를 했을 때가 떠올랐다.

성공하겠다고, 이를 악물며 살았지.

이십 년이 넘게 지난 지금 회귀할 때 삶의 목표는 전부 다 이루었다.

금전적 성공, 사회적 성공, 사랑하는 아내, 금쪽같은 아들.

뭐 하나 부족한 것이 없었다.

그런데 그렇게 흐르는 구름을 보고 있을 때였다.

생각지도 못한 목소리가 등 뒤에서 들렸다.

"김진현 선생님?"

차분한 한국어.

놀라 고개를 돌리니 단아한 인상의 여인이 눈을 동그랗게 뜨고 자신을 바라보고 있었다.

이연희였다!

그녀가 왜 여기에?

"아, 뒷모습이 닮아서 혹시나 했는데… 오랜만이에요. 잘 지내셨어요?"

"아, 네. 여기는 무슨 일이십니까?"

그녀는 대일병원의 간호사였다. 물론 이건 몇 년 전의 정보로, 지금은 무슨 일을 하고 있는지는 모른다.

어쨌든 미국에 올 일이 없을 텐데, 왜?

"관광 왔어요. 휴가 시즌이라."

"아……."

그러고 보니 여행자 특유의 가벼운 옷차림이다. 센트럴 파크는 뉴욕 관광객들의 핵심 코스니 방문한 듯했다.

"잠깐 옆에 앉아도 돼요? 이렇게 만난 것도 인연인데."

인연.

그녀는 별 생각 없이 한 말이겠지만 여운을 주는 단어였다.

이전 삶에서 부인이었던 지금은 완전히 엇갈려 버린 인연.

뭐, 아무래도 좋을 일이다.

"네, 앉으십시오."

"고마워요. 관광해 보니 뉴욕이 좋긴 좋네요."

연희의 말에 진현은 미소를 지었다.

"살기는 서울이 더 좋습니다."

"그런 것 같긴 해요. 그래도 관광하기에는 좋은 것 같아요. 쇼핑몰가도 훨씬 싸고."

"네."

연희가 물었다.

"선생님은 잘 지내셨어요?"

"저는 잘 지냈습니다. 잘 지내셨습니까?"

"저야 뭐 똑같죠."

뭔가 어색한 그 대화를 끝으로 말이 끊겼다.

연희는 무슨 생각을 하는지 센트럴 파크의 전경을 아련히 바라봤다.

진현은 침묵이 불편한 마음이 들어 입을 열었다.

"일행은 어디에 있습니까?"

"혼자 왔어요."

그 말에 진현은 다시 입을 다물었다.

삼십 대 중반의 여자가 혼자 여행이라. 특이한 일은 아니지만 그 의미는 하나였다.

그 생각에 답하듯 연희가 말했다.

"저 혼자 지내거든요."

"아… 네."

의외의 일이었다.

그와 이상민, 몇 번의 연애 실패를 겪긴 했어도 그녀 정도의 외모라면 모셔갈 남자들이 줄을 섰을 텐데. 집안이나 직업이 나쁜 것도 아니고.

실제로 인기도 엄청 많았다.

"그냥 환자를 위해 살고 있어요."

"네."

진현은 이유를 더 자세히 묻진 않았다.

굉장히 실례되는 질문이고 그런 것을 물어볼 만큼 가까운 사이도 아니다.

"참, 그 이야기 들었어요?"

지나가는 듯한 목소리.

"무슨 이야기 말입니까?"

"상민 씨 이야기 말이에요."

"……!"

진현의 얼굴이 굳어졌다.

회귀 후 이십 년이 넘는 삶 동안 가장 큰 악연으로 얽힌 남자의 이름이다.

"못 들었습니다."

정확히 이야기하면 관심 없었다.

무기징역을 선고받고 자신의 죗값을 치르고 있는 놈의 이야기가 뭐가 중요하겠는가?

그녀는 씁쓸한 표정을 지었다.

"역시 그렇군요."

"이상민과 만난 적이 있습니까?"

"가끔… 정말 가끔 면회를 가곤 해요."

그것도 의외의 이야기였다.

그녀가 이상민의 면회를 가끔이나마 갔다니. 마지막 순간에 그렇게 험한 꼴을 당했으면서.

그녀는 웃으며 말했다.

"그냥 정말 가끔 가요. 마음이 남아 있다거나 그런 것은 아니에요."

"……."

"어쨌든 상민 씨 감옥에서 나왔어요."

"……?!"

진현은 깜짝 놀랐다.

감옥에서 나왔다고? 그런 죄를 지어놓고?

하지만 연희의 말은 그런 뜻이 아니었다.

"정신분열병이 너무 악화돼 감옥에 도저히 있을 수가 없어 폐쇄정신병원으로 옮겨 감금 중이에요."

"……."

진현은 답하지 않았다. 연희도 더 이상의 말은 하지 않았다.

침묵과 함께 바람이 그들 사이를 흘렀다.

약간의 시간이 지난 후, 힐끗 시계를 바라본 연희는 자리에서 일어났다.

"보스턴행 버스 시간 때문에 전 이만 가봐야 할 것 같아요."

"아, 네. 좋은 여행되십시오."

"고마워요."

그녀는 등을 돌려 메트로 쪽으로 걸어갔다.

만남만큼이나 덧없는 헤어짐이었다. 그와 그녀의 지난 인연들처럼.

"……."

진현도 자리에서 일어나 병원으로 들어갔다.

그리고 그는 늘 하던 것처럼 다음 수술을 집도했다.

평소와 다를 것은 없었다.

전혀.

이후 다시 시간이 흘렀다.

테노포 바이러스 치료제에 대한 연구는 다행히 대성공이었다.

헤인스의 항 바이러스제는 테노포 바이러스의 감염을 예방하진 못해도 감염된 사람에서 바이러스의 체내 증식을 억제했고 그것은 치사율의 극적인 감소로 나타났다.

사망률 30%가 2%로 줄어든 것이다.

물론 2%도 높다.

그래도 30%와 2%는 천지차이였다.

과연 몇 년 뒤, 테노포 바이러스는 돌연변이를 획득해 유행을 일으켰지만 진현의 이전 삶처럼 치명적 피해를 일으키지 못했다.

진현의 연구 덕분으로 전 세계 의학계의 모두가 진현의 공로를 치하했다.

그건 의학계뿐만이 아니었다.

그는 미국 대통령 훈장까지 받았고, 세계보건기구(WHO)에서 사사카와 보건상까지 수상했다.

"당신의 업적이 아프리카를 살렸습니다."

세계보건기구의 사무총장이 직접 진현에게 감사를 표했으며 세계의 수많은 단체와 사람들이 진현의 공로를 치하했다.

노벨 재단도 진현을 주목했다.

그의 지난 삶에서는 하버대의 웨슬리 박사가 노벨 생리의학상의 후보자가 되었지만 단순히 바이러스를 발견한 것보단 치료의 방안을 발견한 것이 당연히 더 뛰어난 업적이다.

웨슬리 박사와 진현 모두 공동으로 노벨 생리의학상의 후보자가 되었고, 단순한 학문적 업적이 아닌 수없이 많은 생명을 구한 업적이니 사람들은 그들이 머지않은 시일에 노벨상을 수상할 것이라 생각했다.

그렇게 성공한 삶이 흘러갔다.

*　　*　　*

인생의 시간은 휴지 두루마리와 같다는 말이 있다.

나이를 먹을수록 빨리 흐르는 것이 휴지 두루마리의 종이가 사라지는 것과 같다는 뜻이다.

그렇게 시간이 덧없이 흘러 진현의 나이도 벌써 마흔이 되었다. 학자로서는 정상에 도달한 그때, 진현과 혜미는 한국행을 결정했다.

"아니, 닥터 김? 한국으로 돌아간다고요? 그게 도대체 무슨 말입니까!"

자신들의 자랑인 진현이 한국으로 돌아간다는 이야기에 세인트 죠셉의 모두가 펄쩍 뛰었다.

"저희가 뭐 서운하게 한 것 있습니까?"

"혹시 연봉이 모자랍니까? 뭐든지 말씀한 해주십시오. 다 들어드리겠습니다!"

동료 외과의사, 병원장, 이사진… 모두가 달려들어 진현을 말렸다. 하지만 진현은 미안한 얼굴로 고개를 저었다.

"죄송합니다. 이미 결정된 일입니다."

"하아, 닥터 김… 너무 아쉽군요."

십여 년간 일하며 이제 정이 들 대로 든 데이비드가 아쉬운 한숨을 내쉬었다.

진현도 제2의 보금자리가 되어준 세인트 죠셉을 떠나기 아쉬웠으나 결정을 번복하지는 않았다.

'이제 돌아갈 때가 되었지.'

그렇지 않아도 이해중 전 회장의 사후(死後) 대일 그룹의 회장이 된 이동민이 계속해서 러브콜을 보내고 있었다.

와서 제발 대일병원을 맡아달라고.

그래도 그런 이유 때문에 귀국을 결정한 것은 아니다.

가장 큰 이유는 부모님.

어느덧 부모님의 나이가 환갑을 훌쩍 넘어 칠순에 가까워져 온 것이다. 작년에 마지막에 봤을 때, 하얀 머리의 노인이 된 그들의 얼굴을 잊을 수가 없다.

"그래, 잘 지내고. 가서 몸조심해야 해. 우리 손주도 학교 잘 다니고."

아들과 손자가 저 멀리 사라질 때까지 계속해서 바라보던 부모님들의 모습이 왜 그리 눈에 밟히던지. 부모님들은 진현이 신경 쓸까 말로 표현하지는 않았지만 나이가 들며 아들이 그리운 눈치였다.

왜 안 그러겠는가?

아들의 성공이 기뻐도 하나뿐인 자식과 손주가 그리운 것은 어쩔 수 없는 것이다.

'이미 성공은 할 대로 했어.'

물론 미국에서 빛나는 자리를 버리고 한국에 가는 것이 아쉽긴 했지만 더 늦기 전에 효도를 하고 싶었다.

'한국으로 가도 의학 연구나 진료를 못하는 것도 아니고.'

그렇게 진현은 한국으로 돌아오기로 했다.

그 소식에 대일 그룹의 총수 이동민 회장이 크게 기뻐했다.

"빨리 오게, 빨리! 자리는 이미 다 마련해 놨으니!"

그의 오랜 바람대로 진현은 대일병원을 맡기로 했다.

'내가 대일병원의 이사장이 되다니. 세상 참 묘하군.'

이제는 벌써 10년도 넘은 과거가 된 먼 옛날이 떠올랐다.

그때 이사장이었던 이종근과 참 지독한 악연으로 얽혔었다.

한국에서 인연이 있던 이들도 모두 그의 귀국을 환영했다. 특히 스승인 강민철의 기쁨이 컸다.

"빨리 오게, 김 선생! 내가 주는 술 한잔 받아야지!"

다년간 대일병원의 원장으로 활약하던 강민철은 완전히 은퇴 후 유유자적 삶을 즐기고 있었다. 메스는 손에서 놓았지만 여전히 정정했다.

그리고 미국에서의 생활을 정리하고 한국으로 떠나기 직전.

진현은 자신의 교수실을 바라봤다.

'이곳에서 지낸 지도 벌써 10년이 넘었구나.'

정신없이 지낸 세월이었다.

그래도 정이 많이 들었는지 떠나려니 아쉬운 마음이 들었다.

'어쩔 수 없지.'

진현은 고개를 젓고 남은 짐을 정리했다.

중요한 짐은 다 보낸 상태지만 10년 동안 지내 정리할 것이 꽤 남아 있었다.

다른 사람에게 정리를 부탁해도 되지만 자신의 손때 묻은 방이어서 그럴까? 왠지 직접 하고 싶었다.

그런데 늦은 밤이었다.

끼익.

교수실의 방문이 조심히 열렸다. 고개를 돌리니 데이비드가 놀란 표정으로 자신을 바라보고 있었다.

"아… 있었군요, 닥터 김."

"네, 정리를 하고 있었습니다. 무슨 일입니까?"

데이비드는 머리를 긁적였다.

"그냥 아쉬워서요. 이렇게 떠난다니."

그 말에 진현은 미소를 지었다.

처음 세인트 죠셉에 왔을 때부터 데이비드는 한결같은 호의로 자신을 대해줬다. 참 고마운 인물이다.

진현은 손을 내밀어 악수를 청했다.

"자주 오겠습니다."

"정말이죠?"

"네, 학회 때마다 찾아오겠습니다. 그때 귀찮다 하기 없기입니다?"

데이비드가 화들짝 고개를 저었다.

"귀찮다니요. 우리 세인트 죠셉의 전설, 미라클 김의 방문인데요."

미라클 김.

10년 동안 들어도 민망한 별명이다.

서로 손을 마주잡으며 데이비드가 말했다.

"닥터 김, 떠나니까 말할게요."

"네."

"저 당신을 존경했어요. 비록 나이는 나보다 훨씬 어리지만 말이에요. 정말 많은 것을 배웠어요."

8장

종장

진현은 살짝 얼굴을 붉히며 고개를 저었다.

"지나친 말씀이십니다."

여유 있는 중년 신사 같은 인상이지만 데이비드도 미국 의학계에서 굉장한 인정을 받는 명의였다. 그런 이가 자신을 존경한다니.

하지만 데이비드의 얼굴은 진지했다.

"정말이에요. 다른 무엇보다 환자를 위하는 그 마음. 그것을 보며 제가 스스로를 얼마나 부끄러워했는지 모를 거예요."

"……."

더없는 극찬이었다.

"그러니 닥터 김."

데이비드가 진현의 눈을 바라봤다.

"그동안 고마웠어요. 당신은 우리 세인트 죠셉의 영원한 미라클이에요."

순간 뭉클한 마음이 들어 진현은 답을 못했다.

뭐라고 해야 할까?

그래도 한 가지 확실한 것은 있었다. 자신의 지난 세월은 가치 있는 삶이었다는 것이다. 이렇게 남들의 가슴에 남을 정도로.

"저야말로 감사합니다, 정말로."

진현은 답했다.

그렇게 미국에서의 생활이 마무리됐다.

*　　　*　　　*

한국에 돌아온 진현은 대일병원의 이사장으로 취임했다.

'내가 대일병원의 이사장이 되다니. 참 다시 살고 볼 일이야.'

미국에서 유학 후 연구 의사(Academic physician)로 나름 뛰어난 업적을 쌓아가던 혜미는 모교인 한국대 병원의 러브콜을 받고 한국대 의대의 내과교수가 되었다.

대일병원의 지분을 가지고 있으니 당연히 대일병원의 교수가 될 수도 있었지만 그건 그녀가 거절했다.

"정말 오랜만입니다."

이제 완연한 노교수가 된 최대원이 진현을 보고 반가운 인사를 했다. 강민철과 더불어 은사라 부를 수 있는 최대원에게 진현은 고개를 숙였다.

"편히 말씀해 주십시오."

"그래도 이제 이사장님인데 그건 안 되죠."

"제가 불편해서 그렇습니다. 다른 사람이 없을 때라도 편하게 말씀해 주십시오."

세계적 의학자로 빛나고 있음에도 여전한 진현의 말투에 최대원은 미소 지었다.

"알겠습니다. 아니, 알겠네. 어쨌든 이렇게 돌아와서 진심으로 환영하네."

진현을 마음으로 환영한 것은 최대원만이 아니었다.

그를 알던 모든 이가 기뻐했고 특히 강민철의 기쁨은 이루 말할 수 없이 컸다.

날을 잡고 환영의 술을 마시는데, 심장도 안 좋고 이제 연세도 있으신 분이 이렇게 많이 마셔도 되는지 걱정될 정도였다.

"진현아, 정말 반갑다. 아니, 이제 이사장님이라 해야 하는 건가?"

고등학교 때부터 친구 황문진도 기뻐했다. 그는 놀랍게도 대일병원의 교수가 되어 있었다.

대일 그룹의 사위인 진현의 도움 없이 오로지 스스로의 실력과 노력만으로 이룬 성과였다.

'참… 정말 다시 살고 볼 일이야.'

회귀 후 많은 것이 바뀌었지만 가장 많이 변한 것은 황문진이 아닐까 싶다.

꼴찌에서 의대입학, 대일병원 외과의사, 심지어 이제는 교수.

참으로 믿을 수 없는 변화였다.

"앞으로 진료 스케줄은 어떻게 하실 것입니까, 이사장님?"

강민철 교수와 더불어 그를 아꼈던 간이식 파트의 유영수 교수가 진현에게 물었다.

그는 현재 대일병원의 외과 과장이었다.

진현이 대일병원에 있을 때만 해도 주니어 교수였지만, 이젠 누구보다도 연륜 깊은 중견 교수가 되어 있었다.

말을 편하게 해달라 했지만 유영수는 요지부동이었다.

'진료 스케줄이라.'

진현은 고민했다.

이사장의 주 업무는 병원 경영이었다. 진료나 의학 연구는 본인의 뜻대로 해도 되고 안 해도 된다.

전 이사장이었던 이종근은 진료에선 완전히 손을 뗐었다.

진현은 말했다.

"진료도 같이 병행하겠습니다."

유영수가 살짝 놀라며 물었다.

"힘들지 않으시겠습니까?"

사실 이사장이나 병원장 정도 되면 진료나 연구는 손을 떼는 것이 일반적이긴 했다.

하지만 진현은 고개를 저었다.

'그래도 진료를 안 보면 왠지 허전해서… 의사가 아닌 것 같기도 하고…….'

회귀 후 삶의 목표가 건물주에 진료 안 보고 노는 의사였다는 것을 떠올리면 진현도 참 많이 변하긴 했다. 하긴 몇 년의 세월이 흘렀는데 안 변하겠는가?

"시간이 부족하니 많이는 못 보겠지요. 최소한으로만 하겠습니다."

"알겠습니다. 그러면 저희 외과 쪽에서 스케줄을 조정하도록 하겠습니다."

병원 경영이 더 중요한 업무이니 진현은 진료는 최소한으로만 할 생각이었다.

하지만 그 생각은 시작부터 어긋났다.

세계적 의사인 그가 진료를 시작하자 환자들이 구름처럼 몰려들기 시작한 것이다.

중요도가 떨어지는 질환의 환자들은 다른 간 파트의 교수들이 대신 진료를 봤지만 그렇게 해도 상당한 숫자였다.

'곤란하군. 오는 사람을 쫓아낼 수도 없고.'

진현은 난감한 표정을 지었다.

어쩔 수 없는 일이었다.

다 그의 업보지.

덕분에 그는 환자 진료 보랴 이사장 업무를 수행하랴, 나이 마흔이 넘어서도 레지던트처럼 일할 수밖에 없었다.

그래도 다른 교수들이 최대한 분담을 해줘 진료를 전담하는 의사들만큼 환자를 많이 보는 것은 아니지만 이사장의 일과 겹치니 압사할 것 같은 업무량이었다.

과거 한강의 전경을 보며 와인이나 홀짝이던 이종근과는 180도 다른 모습이 아닐 수 없었다.

—자기야, 오늘도 늦게 들어와?
"응, 미안."
—경태가 아빠 보고 싶어 하는데. 내일은 우리 아들 생일이니 꼭 빨리 들어와.
혜미의 말에 진현은 쓴웃음을 지었다
경태는 혜미와 자신 사이에 금쪽같은 아들이었다.
최근 너무 바빠 집에 돌아가면 자정이 넘을 때가 일쑤라 아들과 대화를 해본 지가 언젠지 모르겠다.
'효도하러 돌아왔는데 일에 치여 죽겠군. 조만간 다 같이 모여 식사라도 해야겠어.'
그런데 그렇게 지내던 중이었다.
외과 병동에서 회진을 도는데 한 간호사가 그에게 말을 붙였다.
"저, 이사장님. 잠시 뭐 좀 여쭤 봐도 될까요?"
"아, 네."
일개 간호사가 개인적인 질문으로 이사장에게 말을 붙이다니.
상상도 못할 일이지만 이 간호사는 그래도 되었다.
다름 아닌 이연희였기 때문이다.
벌써 근속년수 십오 년이 되는 그녀는 현재 외과 병동의 수간호사였다.
"제가 아는 사람이 간암이 걸려서… 상의를 드려도 될까 해서요."
"간암 말입니까?"

진현은 살짝 놀란 마음이 들었다.

'누구지? 이맘때쯤 그녀 주위에 간암에 걸린 사람이 있었던가?'

이전 삶에서 그녀 주위에서 간암을 앓았던 사람은 한 명도 없었다.

어쨌든 진현은 고개를 끄덕였다.

그는 간이식과 간암에 관하여 국내 최고, 아니, 세계에서도 손꼽히는 대가였다. 당연히 상의해 줄 수 있었다.

"5㎝의 간암인데 간정맥 침윤이나 원격 전이는 없는데 위치가 중앙이고 대동맥에 가까워서 수술이 어렵다는 이야기를 들어서요. 고주파 치료는 크기가 커서 안 되고… … ."

오랫동안 외과 병동에서 일해 그녀의 식견도 보통이 아니었다. 웬만한 의대생들보단 훨씬 나았다.

"수술이 불가능하면 결국 오래 버티지 못하고 암이 전신에 퍼져 사망할 텐데… 혹시나 수술이 가능할까요?"

근본적인 치료인 수술을 못하는 암의 말로는 다 똑같았다.

항암 치료를 하든 방사선 치료를 하든 시기를 늦추는 것일 뿐 원격 전이가 진행해 사망하게 된다. 그 사실을 누구보다 잘 알기에 진현은 진중한 얼굴로 답했다.

"이야기만 들었을 때는 쉽지 않을 것 같긴 하지만… 혹시 환자분의 CT를 가지고 계십니까?"

"네, 가지고 있어요."

"한번 제가 암의 상태를 보겠습니다."

컴퓨터에 CD를 넣고 로딩을 하니 곧 어두운 CT 화면이 떠올랐다.

"흠……."

진현은 인상을 찌푸렸다.

예상했던 대로 쉽지 않아 보였다.

"어려운가요?"

"네, 쉽지는 않을 것 같습니다. 간암이 간의 중앙에 위치해 있고, 대동맥과도 가깝습니다."

그 말에 이연희는 한숨을 내쉬었다. 진현이 안 된다고 하면 이 세상 누구를 찾아가도 마찬가지다.

"아예 안 되는 건가요? 수술을 못하면 어차피 원격 전이나 간부전이 진행해 사망할 텐데……."

그녀의 말에 진현은 미안한 마음이 들었다.

이전 삶의 아내였던, 그리고 이번 삶에서도 그다지 행복하지 못한 삶을 사는 그녀이다 보니 조금이라도 잘해주고 싶었다.

"무리하면… 가능은 합니다."

그 말에 그녀는 눈을 크게 떴다.

"정말요?"

"네, 하지만 위험부담은 큽니다. 수술 후 사망할 수도 있습니다."

"괜찮아요. 어차피 수술을 안 받으면 몇 개월 뒤 암이 진행해 사망할 테니까요."

옳은 말이다.

답은 없는 문제이지만 이런 경우 환자와 보호자만 각오가 되어 있다면 위험을 감수하는 게 답일 수도 있다.

어려운 수술일지라도 성공하면 완치될 수도 있으니까.

연희가 주저하다 말했다.

"저… 이사장님, 혹시 직접 집도해 줄 수 있으신가요?"

현재 국내에서 간 파트 수술 최고의 대가는 다름 아닌 김진현이었다. 다만 워낙 바쁘다 보니 이런 부탁을 일일이 들어주기가 어려웠지만 진현은 흔쾌히 고개를 끄덕였다.

"알겠습니다. 환자를 뵌 후, 수술 일정을 잡죠. 제 외래로 환자분이 방문할 수 있도록 해주십시오."

그러고 진현은 등을 돌려 병동을 벗어나려 했다.

그런데 연희가 주저하며 말했다.

"저… 환자는 외래에 올 수가 없는 상태인데, 수술할 때 바로 입원을 하면 안 될까요?"

"그래도 수술 전에 환자 상태를 보아야……."

"그렇긴 한데… 사정이 안 돼서……."

진현은 의아한 표정을 지었다.

"그러고 보니 환자분이 누구기에 그러십니까? 가족입니까?"

"그건 아니에요."

"그러면? 친구?"

"그것도 아니고… 그냥 아는 사람……."

그리고 그녀는 한참을 머뭇거리다 크게 한숨을 내쉬었다.

"하아, 상민 씨예요."

"……!"

진현의 얼굴이 굳어졌다.

이상민이라고?

연희가 급히 고개를 저었다.

"그냥 얼마 전, 정말 오랜만에 정신병원에 면회를 갔는데 담당의사에게 이야기를 전해 들었어요. 상민 씨 친보호자도 없고, 면회 오는 사람도 저를 제외하면 단 한 명도 없거든요. 그래서 유일하게 가끔이라도 면회를 오는 저한테 이런 이야기를 하더라고요."

그녀는 한숨을 내쉬었다.

"이대로 두면 곧 간암 진행으로 사망할 텐데 가만히 손을 놓고 있을 수도 없고… 워낙 고난도 수술이라 다른 교수님한테 부탁할 수도 없고… 그래서 말씀드린 거예요."

"……."

"정말 죄송해요, 이사장님. 미리 누군지 말씀을 드렸어야 했는데. 죄송해요."

그녀는 연신 사과를 했다.

진현은 쓴웃음을 지었다.

"괜찮습니다. 특별히 잘못을 한 것도 아닌걸요. 저는 이만 가보겠습니다."

그가 떠나려는데, 그녀가 조심히 물었다.

"상민 씨 수술은 역시… 어렵겠지요?"

진현은 대답하지 않았다.

"회의가 늦어 이만 가보겠습니다."

* * *

장장 4시간에 걸친 지긋지긋한 회의가 끝난 후, 여러 업무를 처리하고 진현은 집으로 돌아왔다.

그의 집은 병원 인근 삼성동에 위치한 초고층 주상복합아파트로 내부가 궁궐 같았다.

벌써 저녁 11시가 훌쩍 넘어 넓은 집은 불이 꺼진 채 조용했다.

진현은 혜미와 아들 경태가 깨지 않도록 조심히 옷을 벗고 샤워를 했다. 떨어지는 물을 닦고 옷을 갈아입은 진현은 방문을 열었다.

그런데 그가 들어간 곳은 혜미가 자고 있는 안방이 아닌, 거실 옆 편에 위치한 작은 방이었다.

작은 침대 위에 초등학생쯤으로 보이는 남자아이가 곤히 잠들어 있었다.

목숨보다 소중한 아들 경태였다.

"우웅……."

무슨 꿈을 꾸고 있을까?

자신보단 혜미를 더 닮은 얼굴. 그래서인지 진현의 눈에는 세상 누구보다 잘생겨 보였다.

"……."

진현은 그렇게 아들을 내려다보았다.

말없이 그저 고요히.

그렇게 얼마나 시간이 지났을까?

끼익.

작은 방의 문이 열리며 혜미가 들어왔다.

"자기야? 안 들어오고 뭐해?"

막 잠에서 깼는지 그녀는 눈이 부셨다. 그녀는 세월이 비켜 흘렀는지 여전히 아름답고 사랑스러운 외모를 가지고 있었다.

"그냥 경태 보고 있었어. 잘생겼지?"

"당연히 잘생겼지. 누구 닮았는데."

"초등학교에는 잘 적응해?"

"응, 한국 학교는 처음이라 걱정했는데 잘 지내더라고. 이제 곧 학부모 참가 운동회도 한다는데 자기는 못 오지?"

"한번 시간 내볼게."

혜미는 미소 지었다.

"괜찮아요. 바쁜 것 알아. 너무 무리하지 말아요."

그리고 잠시 대화가 끊겼다.

그들은 소중한 아들을 바라봤다.

"자기야?"

"응.

"혹시 무슨 일 있어?"

"……!"

혜미는 걱정스레 물었다.

"미국에서도 고민 있을 때마다 말없이 경태 바라보곤 했었잖아."

"괜찮아. 별일 없어."

"정말?"

진현은 걱정 말라는 듯 웃었다.

"응, 일이 많아 피곤한 것 말고는 다 잘 풀리고 괜찮아."

"그래?"

"응, 정말로. 걱정하지 마."

진현은 고개를 끄덕였다.

실제로 아무런 일도 없었다.

그들은 안방으로 돌아가 불을 끄고 잠을 청했다.

"혜미야."

"응?"

"나 이번 주 주말에 잠깐 양평에 다녀와도 될까?"

"양평엔 왜?"

"일이 좀 있어서."

"그래요. 조심히 다녀오고."

그리고 잠에 들기 전, 진현은 말했다.

"사랑해."

혜미는 배시시 웃으며 진현의 품에 파고들었다.

"그 이야기 오랜만에 듣네. 잘 자요."

* * *

진현은 양평으로 차를 몰았다. 블랙 색상의 BMW가 바람을 갈랐다.

'결국 포르쉐는 못 타봤군.'

회귀 후 삶의 목표 중 하나가 포르쉐였다. 나머지는 피부과 의사, 강남 빌딩. 생각해 보니 이룬 것이 하나도 없다.

'일 보고 돌아가서 포르쉐랑 강남 빌딩이나 살까?'

진현은 실없이 생각했다.

돈이 없어서 못 산 것은 아니다. 그가 미국에서 제약회사들과 연계해서 벌어들인 돈은 그야말로 어마어마하단 단어도 부족할 정도였으니까.

하지만 세월이 그를 바꾼 것일까?

바라던 모든 것을 손에 넣을 수 있게 되었지만 이제 그는 그런 것들을 바라지 않게 되었다.

이른 주말 시간이라 그런지 도로는 한산했다.

한 시간여를 달린 후에야 진현은 양평, 그중에서도 북쪽에 치우친 한적한 외곽에 차를 멈추어 섰다.

산 밑 휑한 들판에 흉물스러운 건물 하나가 덩그러니 있었는데, 반쯤 해어진 간판에 이런 글씨가 써 있었다.

효원 정신병원.

중증 정신병 환자들을 치료하는 병원이다. 아니, 말이 좋아 치료지 사실은 감금에 가까웠다.

더 이상 회복 기미가 없는 가족들에게 버림받은 정신병 환자들이 모이는 곳이었기 때문이다.

끼익.

문을 여니 낡은 교도소를 연상시키는 돌벽이 보였고, 늙은 접수원이 진현을 맞았다.

"무슨 일이세요?"

"면회를 왔습니다. 며칠 전 연락을 드렸습니다."

"아, 그 대일병원의! 정말로 오셨군요."

접수원은 화들짝 자리에서 일어나 진현을 안내했다. 국내 최고 대일병원의 이사장이 이런 곳에 방문해 놀란 눈치가 역력했다.

"4층이에요. 엘리베이터에 문제가 있어 걸어서 올라가야 해요."

"네, 상관없습니다."

문제가 있는 것은 엘리베이터만이 아닌 듯했다. 병원 전체가 낡고 헐었다.

'입원 환자가 있긴 한 건가? 아무도 안 보이는군. 인기척도 거의 없고.'

먼지 쌓인 계단을 오르며 진현은 물었다.

"이곳에 입원해 있는 동안 특별한 문제는 없었습니까?"

"누구요?"

"지금 면회 가는……."

"전혀요. 음성 증상이 심한 정신분열병 환자들 대부분 조용하잖아요. 그냥 조용해요. 아주."

정신분열병의 증상은 크게 환각, 환청 같은 양성 증상과 감각의 둔화, 무의욕증, 와해된 언어 등의 음성 증상으로 나온다.

곧 4층에 도착하니 커다란 철문이 나타났다.

노인은 달그락 열쇠를 꺼내 문을 열었고 중증 환자들이 입원해 있는 병동으로 들어갔다.

병동을 관리하는 간호사가 힐끗 그들을 바라봤다. 혹시나 불의의 사태에 대비한 것인지 경호원도 있었다.

"무슨 일이에요?"

"면회 오셨어."

"누구요?"

"19호실."

"여기 열쇠요."

노인은 열쇠를 건네받고 구석에 있는 방으로 진현을 이끌었다.

"이곳입니다. 면회 끝나면 밖의 간호사에게 말씀해 주세요."

"네, 감사합니다."

끼익.

노인은 문을 열어주고 사라졌다. 하지만 진현은 가만히 병실 안을 들여다볼 뿐 안으로 들어가지 않았다. 정확히 말하면 발걸음이 떨어지질 않았다.

'난 이곳에 왜 온 걸까?'

두근.

이유 없이 심장이 뛰었다

지난 삶 동안 가장 돌이키고 싶지 않은 기억이 이 안에 있었다. 하지만 그는 고개를 저었다.

'어차피 다 지나간 일들이야. 난 그저 의사로서 환자를 보러 온 거고.'

마음을 굳히고 안으러 들어갔다.

그리고… 진현은 만났다.

먼 옛날 친구였던, 하지만 끔찍한 악연으로 변한 이를.

기억의 편린 속 자리하고 있던 이상민이 진현의 앞에 현실이 되어 나타났다.

"……."

이상민은 면회객이 왔음에도 아무 말이 없었다.

당연했다.

그의 눈은 아무것도 없는 허공을 흐릿하게 바라볼 뿐 초점이 없었으니까.

"이상민."

이상민은 다 낡아 곰팡이가 설어 있는 침대에 목석처럼 앉아 미동도 하지 않았다.

정서적 둔마, 무감동, 무언증, 무욕증… 음성 증상을 앓는 정신분열병 환자의 전형적인 모습이었다.

"이상민."

"……."

갑자기 맥이 딱 풀렸다. 그렇게나 추악한 죄악들을 저질러놓고 이런 모습이라니.

"도대체 뭐야."

"……."

"도대체 뭐냐고……."

진현은 한숨을 내쉬었다.

지난 세월 누굴 증오했던 것인지.

"난 널 진료하러 왔다. 네 몸 속에 있는 간암은 지금 수술하지 않으면 손을 쓸 수가 없어."

"……."

당연히 답은 없다.

그래도 착각일까?

얼핏 눈동자가 진현 쪽으로 향한 것 같기도 하다. 곧 다시 원래대로 돌아갔지만.

"사실 지금도 늦은 감이 있고 위험하다. 그래도 지금 수술하면 완치의 가능성이 있으니 의사로서 난 네가 수술을 받았으면 좋겠어. 간에 생긴 암을 그냥 놔두면 넌 얼마 버티지 못해."

이건 개인적 감정이 배제된 의사가 환자에게 하는 이야기다.

솔직한 심정은 싫다, 였다.

하지만 이 세상 누구라도 치료받을 권리는 있으니까. 그리고 의사는 환자를 살릴 의무가 있고.

그게 한평생을 살면서 가장 증오했던 인물이라도.

진현은 '의사'로서 '환자'에게 말했다.

"네가 거부하지 않는다면 수술을 진행하겠다. 싫다면 지금 말해줘."

아무리 음성 증상이 심해도 간단한 의사표현은 할 수 있다. 진현의 솔직한 심정으로… 이상민이 거절해 주길 바랐다.

그도 인간인지라 이상민을 치료해 주기 싫었다.

왜 안 그러겠는가?

자신의 지난 삶 동안 가장 추악하게 남은 기억인데.

하지만 이상민은 아무런 답이 없었다.

그저 멍하니 허공을 응시할 뿐.

진현은 한숨을 내쉬었다.

*　　*　　*

그렇게 수술이 결정됐다.

무기징역을 선고받고 복역 중인 상태지만 입원 중 경찰만 동행하면 수술 진행에 법적인 문제는 없었다.

단, 환자 본인이 의사표현을 할 수 없으므로 보호자의 동의가 필요했는데, 아이러니한 것이 현재 이상민의 가장 가까운 친인척, 보호자는 다름 아닌 진현이었다.

부인인 혜미가 그의 배다른 동생이었기 때문이다.

'이상민이 내 처남이라니. 웃기지도 않는군.'

수술장에 들어온 진현은 장갑을 꼈다.

'쓸데없는 생각하지 말고 수술에만 집중하자.'

원체 고난도 수술이어서 아무리 그라도 결과를 장담할 수가 없었다.

'내가 이놈을 살리기 위해 노력해야 하다니.'

거기까지 생각하고 진현은 곧 잡념을 지웠다.

됐다. 지금 이 수술장에서 자신은 의사이고, 이상민은 환자일 뿐이다. 그 외에 것은 밖에서 생각하면 된다.

"하모닉 스칼펠(Harmonic scalpel)."

티딕. 티딕.

마치 현을 타는 듯한 초음파 진동이 간을 갈랐다. 울컥울컥 피가 쏟아져 나왔고, 긴장된 공기가 수술장을 갈랐다.

"이사장님 혈압 떨어집니다!"

"거기 노르에피네프린 걸어! 산혈증 진행하니 CRRT(Continuous renal replacement therapy:지속적 신대체요법) 준비해!"

예상했던 대로 수술은 쉽지 않았다. 몇 번이고 고비가 찾아왔고 혈압과 맥박이 촛불처럼 흔들렸다.

"…보비(Bovie:전기소작기)."

하지만 진현은 묵묵히, 흔들림 없이 수술에 집중할 뿐이었다.

그렇게 몇 시간이 지났을까?

툭.

종괴를 포함한 간의 절반이 툭 떨어져 나갔다.

수술을 성공한 것이다!

"수고하셨습니다, 이사장님."

퍼스트 어시스트로 들어온 전문의가 감탄의 얼굴로 말했다. 이런 고난도 수술을 성공시키다니. 역시 김진현 이사장다웠다.

하지만 진현은 속편이 기뻐할 기분이 아니었다.

"마무리해 주게."

"네!"

가운을 벗고 진현은 수술장을 벗어났다.

원래 그는 수술이 끝나면 수술이 끝나길 기다리고만 있는 보호자들에게 수술 경과를 직접 설명해 준다. 하지만 당연한 이야기지만 이상민은 아무런 보호자도 없었다.

"바보 같군. 뭐 하는 건지……."

진현은 고개를 젓고는 업무를 보기 위해 이사장실로 올라갔다.

*　　*　　*

이상민은 외과병동 1인실에 입원하여 이후의 치료를 받았다.

무기징역 복역 중인 죄수로 경찰도 같은 방에 상주했다.

어려운 수술이었음에도 이상민은 순조로운 회복을 보였다.

남은 간의 부피(Volume)가 많지 않았지만 간부전으로 진행하지도 않았다.

'며칠 뒤면 퇴원해도 되겠군.'

회진 시 수술 부위 상처를 확인하며 진현은 생각했다. 다른 환자의 회진과 다르게 이상민의 진료는 묘했다.

서로 한마디의 대화도 없었다. 상처를 보고, 상태를 검진하긴 하지만 말이다.

당연한 일이다.

음성 증상이 심한 정신분열병 환자와 정상적인 소통이 가능할 리 없으니까.

뭐, 대화를 안 해도 신체 검진과 피 검사만으로 상태를 확인하는 데 문제는 없었기에 상관은 없었다. 아니, 오히려 대화를 안 하는 편이 마음이 편했다.

그리고 퇴원 전 마지막 날.

진현은 입을 열었다.

"다 좋아졌어. 이제 내일이면 퇴원해도 돼. 재발하지 않는 한, 걱정하지 않아도 될 거다."

답이 있을 거라 기대하고 한 말은 아니다. 그저 의사로서 환자에게 한 기계적 설명.

진현은 마지막 회진을 끝내고 등을 돌렸다.

이제 이 방을 벗어나면 남은 평생 동안 이상민을 만날 일은 없겠지.

그런데 방을 벗어나려는 순간이었다.

믿을 수 없는 목소리가 들렸다.

"…고맙다."

재회 후 처음 듣는 목소리.

"……!"

진현은 놀라 고개를 돌렸다.

하지만 이상민은 여전히 침대에 앉아 멍하니 허공을 응시하고 있을 뿐이었다.

입을 움직인 흔적은 없었다.

'뭐지? 잘못 들은 것인가?'

진현은 의아한 표정을 지었다.

방금 그 말, 네가 한 것이냐고 물어보려 하다가 그는 고개를 저었다.

대신 한마디를 했다.

"잘 지내라."

이후 이상민에 대한 이야기를 들은 적은 없다.

아… 3년 뒤 즈음, 그가 입원 중이던 효원 정신병원에 화재가 났다는 뉴스는 본 적이 있다. 엉망으로 관리되더니 결국 사단이 난 모양이다.

다행히 입원 환자가 많지 않고 조치가 잘 이루어져 큰 인명피해는 없었다고 한다.

단 4층에 입원 중이던 환자 중 몇 명의 사망자와 실종자가 생졌다는데… 누구였는지는 모르겠다.
사회적으로 큰 이슈가 되었지만 신경 쓰지 않았다. 정확히 말하면 알고 싶지 않았다.

그리고 시간이 다시 흘렀다.

*　　*　　*

항상 느끼는 것이지만 세월이 참 빨랐다.
진현은 마흔 중반이 되었고, 소중한 아들 경태는 중학생이 되었다.
그는 여전히 바쁘고 성공한 삶을 살고 있었다. 찾는 사람이 많고, 할 일이 너무 많아 제대로 쉴 틈도 없었다.
그래도 성공한 삶보다 중요한 것이 가족이란 것을 알기에 진현은 일부러 노력하여 가족들과도 많은 시간을 보냈다.
"밥 됐어. 식사하자."
혜미가 김치찌개를 내왔다.
"음……."
진현은 수저를 입에 가져간 후, 신음을 흘렸다.
혜미가 눈썹을 찌푸렸다.
"왜?"
"그냥……."
"또 맛없어? 반찬 투정하지 말라니까."
"아니야. 맛있어."

진현은 손사래를 쳤다.

혜미와 결혼해서 모든 것이 행복하지만 한 가지 불행한 것이 있다.

바로 혜미의 요리 솜씨.

아무리 노력해도 나아지질 않는다.

'이렇게 못하는 것도 재능 아닌가? 어떻게 노력하는데 안 나아질 수가 있지?'

뭐, 소용없는 한탄일 뿐이다.

"경태는?"

"안 먹는데."

"왜?"

"몰라. 속이 안 좋대."

"그래도 밥은 먹어야지."

"배고프면 나와서 먹겠지. 내버려 둬."

진현은 설익은 밥과 밍밍한 찌개를 먹으며 생각했다.

혹시 엄마 밥이 맛없어서 안 먹는 것은 아니겠지?

충분히 가능성 있는 이야기다.

그도 먹기 싫었으니까.

혜미가 한숨을 내쉬었다.

"자기, 다음 주에 의료 봉사활동 가지?"

"응, 왜?"

그는 1년에 한 번 정도 의료 소외 지역에 소규모 봉사활동을 나갔다. 병원 홍보용은 아니고, 그냥 우연히 시작한 것인데 보람이 커서 남몰래 정기적으로 하고 있었다.

"경태 데리고 가지 않을래?"

"경태를?"

"응, 마침 방학이고. 걔 장래희망이 의사잖아. 마침 봉사활동 점수도 필요하니 같이 봉사활동도 한번 나가보면 좋을 것 같은데. 섬으로 가니 끝나고 물놀이하다 와도 좋을 거고."

아들과 함께하는 봉사활동이라.

당연히 찬성이다.

진현은 흔쾌히 고개를 끄덕였다.

*　　*　　*

이번 봉사활동 장소는 궁평항에서 배를 타고 한참을 들어가야 나타나는 서해안의 외딴섬이었다.

원래 대일병원은 홍보와 이미지 개선을 위해 대규모의 봉사단을 여러 개나 운영했다. 하지만 진현이 가는 봉사는 그런 대규모의 것은 아니었다.

그저 마음에 맞는 몇몇 의료진과 남몰래 의술을 펼치고 오는 것이다.

병원 홍보팀이 여러 차례 진현의 봉사활동을 대대적으로 선전할 것을 요청했지만 진현은 고개를 저었다.

'홍보를 하면 분명 큰 효과야 있겠지만.'

무려 국내 1위 병원의 이사장, 그것도 세계 최고의 대가로 인정받는 진현의 봉사활동이니 적당히 홍보해도 엄청난 광고 효과가 있을 게 분명했다.

'하지만 이건 그냥 개인적인 일이니.'

정확히 말하면 이건 지친 일상을 달래기 위한 진현 개인의 휴가였다.

봉사를 하면 상대보다 봉사자가 더 큰 마음의 위안을 얻는다는 이야기처럼 진현은 위안을 얻고 돌아오곤 했다.

대일병원을 위해서는 충분히 열심히 일하고 있으니 이런 마음의 휴가까지 홍보로 연결시키고 싶지 않았다.

"날씨 좋네."

황문진이 배 갑판에 서서 미소를 지었다.

진현과 늘 봉사활동을 같이 나오는 마음에 맞는 의료진 중 한 명이 그였다. 주변에 진현 외에는 아무도 없어 그는 편하게 말을 놓았다.

"네 아들 경태도 같이 가는 거야?"

"응, 의사가 되고 싶다 더라고."

황문진은 갑판 앞쪽에서 바다를 바라보고 있는 진현의 잘생긴 아들을 보며 부러운 표정을 지었다.

"어린데 기특하네. 내 아들은 하루 종일 게임만 하는데. 누굴 닮아서 그러는지."

"누굴 닮긴. 널 닮았지."

진현은 웃었다.

중학교… 아니, 고등학교 때까지 황문진은 게임광이었다. 성적은 꼴찌였고.

"뭐야, 너도 중학교 때까지는 나랑 별반 다를 것 없었잖아. 성적은 내가 좀 더 좋았다? 네가 꼴찌. 내가 꼴찌에서 두 번째."

그 말에 진현은 웃었다.

"그래, 네 말이 맞다. 우리 둘 다 꼴찌였지."

황문진도 쿡쿡 웃었다.

다 추억으로 남은 옛날 일이다.

"봉사활동 끝나고 술이나 먹자. 좋은 술 가져왔어."

"뭐?"

"발렌타인 30년."

진현은 미소 지었다.

"좋지. 한잔하자. 경태 자면."

"왜? 너도 고1 때부터 술 마셨잖아. 경태도 이제 한잔해도 되지 않나?"

"너라면 네 아들한테 술 주겠냐?"

바닷바람이 싱그러웠다.

이번 봉사활동은 왠지 좋은 일이 있을 것 같았다.

봉사활동은 2박 3일로 진행됐다.

첫날에는 섬의 가장 큰 마을 회관을 빌려 진료를 했고, 둘째 날에는 거동이 불편한 노인들을 직접 방문해 진료를 했다.

"요즘 맨날 배가 너무 아파서··· 속이 쓰리고··· 신물이 넘어오고······."

평소 의료 혜택을 받지 못하는 섬사람들은 국내 최고 대일병원의 봉사단이 왔다는 이야기에 너 나 할 것 없이 몰려들었다.

"위식도역류증이나 궤양의 가능성이 있으니 위산억제제를 드리겠습니다. 약 복용 후에도 증상이 계속 안 좋으면 내시경 검사가 필요하니, 도시에 나가 검사를 받아보십시오."

의료봉사를 온다고 거창한 의술을 펼칠 수 있는 것은 아니다. 장비와 약품의 한계가 있기 때문인데 그래도 그것만으로도 많은 도움을 줄 수 있다.

아들 경태는 옆에 앉아 진현의 진료를 참관했다.

"힘들진 않니?"

"괜찮아요."

참 기특하게 자라준 아들이다.

아빠라서 하는 생각이 아니라 잘생기고 남들과 달리 말썽도 안 피우고 생각도 깊으며 성적도 좋다. 중학교 당시 맨날 꼴찌만 하던 자신보다 훨씬 나은 아들이다.

"힘들면 들어가서 쉬렴."

"괜찮아요."

꿈이 아버지를 닮은 의사라는 경태는 진현의 진료를 하나하나 눈에 담았고, 진현도 어깨에 힘이 들어갔다.

아들이 보는 앞에서 하는 진료라니. 이보다 더 뿌듯한 진료가 어디 있을까?

그렇게 하루가 지나고 마을에서 마련해 준 숙소에서 잠을 청했다.

"쿨쿨……."

피곤했는지 아들 경태는 코를 골며 바로 잠에 들었고, 진현은 미소를 지으며 그 모습을 바라봤다.

그리고 누워서 수면을 취하려는데, 이상하게 잠이 오지 않아 다시 일어났다.

'잠이 안 오는군. 잠깐만 나갔다 올까?'

그는 아들이 걷어찬 이불을 다시 올려준 후, 밖으로 나왔다.

여름이지만 섬이라 그런지 밤바람이 싸늘했다.

그래도 상쾌한 느낌이 들어 기분이 나쁘지 않았다.

"조금만 걷다 들어가자."

손전등을 들고 바닷가를 따라 밤 산책을 했다.

찰싹찰싹.

아무도 없는 바닷가에서 고요한 파도 소리를 들으니 마음이 평온해졌다. 그는 밤바다의 분위기에 취해 계속해서 걸었다.

그런데 그렇게 얼마나 걸은 뒤일까?

"응?"

진현은 눈을 크게 떴다.

사람이 살 것이라곤 생각지도 못한 곳에 허름한 가옥이 있었다.

"사람이 사는 곳인가?"

그는 아무런 생각 없이 손전등을 비췄다.

그런데 그 순간이었다.

"……!"

진현은 깜짝 놀랐다.

갑자기 사람이 나타났던 것이다!

뒤편에서 노숙자 같은 인상의 삐쩍 마른 남자가 진현을 바라보고 있었다. 앞머리와 수염이 덥수룩해 정확한 생김새는 알 수가 없었다.

"죄송합니다. 특별히 실례를 하려 했던 것은 아닙니다."

"……."

하지만 남자는 답이 없었다.

'기분이 상했나?'

그럴 수도 있다.

정체불명의 외지인이 자신의 집을 기웃거렸으니까.

다시 사과를 하려는데 남자는 진현을 스쳐 귀신이 나올 것 같은 집으로 들어갔다.

"뭐야……."

진현은 고개를 갸웃했다.

처음 보는 사람인데 이상한 느낌이 들었다.

"이전에 만난 적이 있는 사람인가?"

그럴 리가.

그가 이 섬에 사는 사람을 이전에 만난 적이 있을 리가 없지 않은가.

그는 고개를 젓고 숙소로 돌아왔다.

*　　*　　*

둘째 날, 경태와 같이 왕진을 다녔다.

주로 보호자 없이 홀로 지내는 독거노인들을 진료했고, 제한적이나마 해줄 수 있는 여러 조치를 취했다.

"봉사활동은 어땠니?"

두 번째 날이 저물어갈 때 진현이 물었다.

"좋았어요."

"그래? 왜?"
"그냥……."
경태는 자신의 느낀 점을 말하기 쑥스러운지 답을 피했고 진현은 미소 지었다.
"왜 의사가 되고 싶어? 의사는 힘든데."
진현은 아들에게 의사의 길을 단 한 번도 권유한 적이 없다.
생명을 다루는 가치 있는 일이지만 그 길의 고됨을 알기 때문이다. 하지만 경태는 누가 권유하지 않았음에도 의사가 되고 싶다고 꿈을 정했다.
"그냥… 아빠 같은 삶을 살고 싶었어요."
진현은 눈을 크게 떴다.
"아빠 같은?"
"네, 남을 위하는 삶이요."
진현은 가슴이 살짝 뭉클해졌다.
아들에게 존경받는 것만큼 아버지를 보람차게 하는 것이 어디 있겠는가?
고생스러웠지만 헛된 삶은 아니었던 것이다.
"가자, 조금만 더 돌면 끝이다."
"네."
그리고 마지막 환자에게 방문을 했다. 거동이 불편한 중증 욕창 환자였는데, 상처를 본 진현은 의아한 마음이 들었다.
"어르신."
노인은 이 없는 입으로 답했다.
"응?"

"이 상처 혹시 치료받은 적 있으세요?"

굉장히 심한 욕창이었는데, 괴사된 부분이 깔끔히 정리돼 있었다.

"아… 섬의 의사 양반이 며칠 전 치료해 줬어."

"의사요?"

진현은 고개를 갸웃했다.

의사? 이 섬에 의사가 있었던가? 그럴 리가 없을 텐데.

"저기… 저 동쪽 바닷가 쪽에 의사가 한 명 있어."

"동쪽 바닷가요?"

"응. 몇 년 전에 섬으로 들어온 외지인인데 사실 진짜 의사인지는 몰러. 행색이 추레한데 그래도 가끔 섬에 급한 환자가 있으면 그 양반한테 치료받아."

"……."

진현은 입을 다물었다.

동쪽 바닷가, 추레한 행색. 어젯밤 만났던 괴인이 떠올랐다.

'의사였단 말인가? 의사가 왜 그런 몰골로?'

의문이 들었으나 크게 관심 가질 일은 아니다.

'무슨 사정이 있겠지.'

진료를 끝내고 진현은 경태와 숙소로 걸어갔다.

이틀간의 봉사활동이 의미가 있었는지 경태는 무언가를 느낀 표정이었다.

"아빠."

"응?"

"며칠만 더 섬에 있으면 안 돼요?"

"왜?"

"좀 더 치료가 필요한 사람들도 있고……."

오늘 봤던 몇몇 환자를 말하는 것이었다.

진현은 뿌듯한 미소를 지었다.

"그래, 며칠 더 있으면서 물놀이도 하고 그러자."

그렇지 않아도 아들과 시간을 보내려고 휴가를 추가로 며칠 내고 온 상태였다.

진현은 다른 의료진들을 먼저 보냈다.

황문진이 떠나면서 아쉬운 표정을 지었다.

"나도 더 있고 싶은데. 기껏 준비해 온 발렌타인도 못 마시고."

마지막 날 술을 마시려 했는데, 황문진 본인이 갑자기 급성 설사병에 걸려 무산됐다.

"다음에 꼭 같이 마시자."

"그래, 그래."

"꼭!"

그런데 웃긴 게 그렇게 아쉬워했으면서 깜빡 잊은 것인지 술은 안 챙기고 떠났다.

"뭐야, 이거 왜 놔두고 간 거야? 마시고 싶게."

진현은 발렌타인 30년을 보며 입을 다셨다.

'발렌타인 30년. 그러고 보니 고등학교 때부터 종종 마셨던 술이지. 시험이 끝날 때마다.'

진현은 피식 웃고는 술을 숙소 구석에 보관했다.

'혼자 마시면 삐질 테니. 나중에 갖다 주자.'

그리고 그는 아들과 오붓한 봉사활동 시간을 며칠 더 가졌다. 해수욕도 즐기고.

의사로서, 아버지로서 보람찬 시간들이었다.

그런데 그렇게 봉사활동을 하는데 약간 거슬리는 점이 있었다.

첫날밤에 만났던 괴인과 계속해서 마주쳤던 것이다.

섬이 작아서 그런 것 같은데… 괴이한 행색 때문인지 만날 때마다 기분이 별로 좋지 않았다.

'이제 떠나니까.'

진현은 그렇게 생각했다.

이제 내일이면 봉사활동도 끝이다. 이 섬만 떠나면 저 괴인과도 다시는 만날 일이 없을 것이다.

'그런데 왜 이렇게 불쾌하지?'

진현은 의문이 들었다.

사실 행색이 추레할 뿐, 기분이 나쁠 이유는 없었다.

면허증을 가진 진짜 의사인지는 모르지만 섬 주민들의 건강도 돌본다고도 하고. 그냥 고양이가 개를 만난 듯 이유 없이 불쾌하고 기분이 나빴다.

'모르겠다. 어차피 내일 떠나니.'

하지만 인생이 늘 그렇듯 일이 꼬였다. 밤에 비바람이 몰아치기 시작한 것이다.

"이런… 내일 떠날 수 있을까요?"

"글쎄요. 내일 봐야 알 것 같은데요. 잦아들면 출항할 수 있겠지만 더 심해지면 며칠은 배가 못 뜰 듯합니다."
진현은 곤란한 표정을 지었다.
이제 휴가도 끝이어서 병원의 일정이 밀려 있었다. 더 섬에 있을 수가 없는 처지인데 이렇게 발이 묶이다니.
'비바람이 잦아들어야 하는데.'
하지만 야속하게도 비바람은 더욱 거세만 져 당분간 출항은 꿈도 못 꿀 상황이 됐다.
'곤란하구나.'
진현은 난감한 표정을 지었으나 날씨를 어쩔 수는 없는 노릇이었다.
'어쩔 수 없지. 휴가가 늘어났다 생각하고 기다리자.'
비바람이 오래가지는 않을 것이다.
진현은 마음을 달래며 아들과 시간을 보냈다. 평생을 정신없이 달려왔으니 이렇게나마 쉬는 게 다행일 수도 있었다.
그러나 하늘은 그에게 휴식을 허락하지 않았다. 상황이 다시 한 번 꼬여 버린 것이다.
"선생님!"
늦은 밤, 마을에서 마련해 준 숙소에 누워 있는데 누군가 벌컥 들이닥쳤다.
진현은 놀라 자리에서 일어났다.
"무슨 일입니까?"
"큰일 났어요! 이장님이 다치셨어요!"
"……!"
"운전을 하다 차가 도로에서 미끄러져서! 빨리 와주세요!"

진현의 얼굴이 굳어졌다.

아무리 작은 섬이라도 당연히 자동차는 있다. 하지만 도로 상태가 좋지 않은 구간들이 있는데 비바람에 미끄러져 사단이 난 듯했다.

'하필 이럴 때 교통사고를!'

진현은 달려가며 크게 다친 것이 아니길 간절히 기원했다.

하지만 이런 그의 기원은 늘 그렇듯 또다시 어긋났다.

"이런……."

진현은 신음을 흘렸다.

심각했다.

급히 진료를 해보니 다른 부위는 크게 다치지 않았는데, 우하복부에 큼직한 상처가 벌어져 피가 울컥울컥 쏟아지고 있었다.

사고 당시 무언가에 찍힌 듯했다.

"선생님, 제발 살려주세요!"

마을 사람들이 진현에게 매달렸다. 진현의 표정이 심각해졌다.

'응급 수술을 해야 하는데 어떻게 하지?'

수술 자체는 어려울 것이 없었다.

출혈이 심하긴 했어도, 위치상 간이나 췌장, 비장, 대동맥 등 중요 장기가 지나는 부위는 아니었으니까. 아마 대장과 소장만 다쳤을 것이다.

배를 살짝 열고 찢어진 동맥을 지혈하고 손상된 장을 자른 후 이어 붙이면 된다.

문제는 이곳이 의료시설이 없는 섬이란 것이다.

'도시로 나가야 해. 그래야 수술을 할 수가 있어.'

진현은 급히 말했다.

"구조대에 요청해 주십시오. 도시로 나가야 합니다."

하지만 마을 사람들은 울먹이며 고개를 저었다.

"이미 연락을 했는데 비바람이 너무 심해서 당장 올 수가 없다고."

창밖의 하늘을 올려다보니 정말 비바람이 장난이 아니었다. 한 치 앞도 안 보이는데, 헬기가 떴다간 줄초상만 날 것 같았다.

'어떻게 하지? 출혈이 심해 오래 버틸 수 없을 것 같은데.'

진현은 입술을 깨물었다.

아들 경태도 하얗게 질린 얼굴로 환자를 바라봤다.

진현은 머릿속으로 생각했다.

'출혈만 지혈하는 것은 그렇게 어려운 수술은 아니야. 출혈 동맥과 정맥만 찾아서 지혈하면 되니까. 그 뒤는 병원으로 옮겨서 처치하면 돼.'

다행히 봉사활동을 위해 챙긴 도구들이 잔뜩 있었다. 무리해서 진행하면 지혈 정도는 가능했다.

그러나 진현은 고개를 저었다.

'하지만 손이 없어. 나 혼자서 수술을 할 수는 없으니. 어떻게 하지?'

그가 아무리 세계적 대가라도 손이 두 개인 이상 수술을 혼자 진행할 수는 없다. 최소 한 명은 더 있어야 지혈을 시도해 볼 수 있다.

'빨리 손을 써야 하는데.'

벌써 환자는 의식이 없었다. 머리 쪽 손상은 없으니 과량출혈로 혈액 손실이 심해 쇼크 상태에 접어든 것이다.

"선생님, 제발 살려주세요!"

"제발!"

마을 사람들과 가족들이 애원했으나 진현도 불가능을 가능으로 만드는 능력은 없었다.

그는 주먹을 움켜쥐었다.

'수술을 도와줄 사람이 한 명만 있었으면… 그러면 살릴 수 있을 텐데.'

그런데 그때였다.

기적이 일어났다.

문이 끼익 열리며 한 인물이 나타났던 것이다.

"……!"

눈앞을 가리는 앞머리, 덥수룩한 수염, 깡마른 몸매, 그 괴인이었다!

마을 사람들이 도움을 요청하기 위해 부른 듯했는데, 한줄기 빛이나 다름없었다.

'정체는 모르지만 저 사람이 날 도와준다면 이 환자를 살릴 수 있어!'

그는 저 괴인이 싫었다.

특별한 이유가 있는 것은 아니지만 본능적으로 불쾌한 마음이 들었다. 하지만 사람의 생명이 꺼질락 말락 하는 상황이니 개인의 불쾌한 마음을 따질 때가 아니었다.

진현은 다급히 물었다.

"교통사고로 인한 장출혈입니다! 병원으로 옮길 수 없는 상황이어서 이곳에서 응급으로 지혈을 시도해야 하는데 어시스트해 주실 수 있겠습니까?"

"……."

하지만 괴인은 그저 말없이 진현과 환자를 바라볼 뿐 답이 없었다. 초조한 마음이 바짝바짝 드는 순간, 괴인이 위아래로 고개를 끄덕였다.

"……!"

어시스트를 서기로 한 것이다!

"치료를 하겠습니다. 다들 밖으로 나가주십시오."

사람들이 모두 나가자 진현은 급히 수술 필드를 만들었다.

봉사단이 남기고 간 물품 중 방포로 무균적 공간을 만들었고, 수면 유도제를 통해 간이 마취를 하였다.

"피부를 절제 후 출혈 혈관을 찾아 지혈하겠습니다."

"……."

괴인은 답이 없었다.

진현은 순간 걱정이 들었다.

'정체도 모르는 사람과 이런 수술을 해도 될까?

하지만 지금은 다른 방법이 없었다.

수술을 시도하지 않으면 과다출혈로 환자가 죽는 것을 손 놓고 바라볼 수밖에 없으니까.

찌익.

매스로 피부를 절개 후 복강 안으로 들어갔다.

'출혈이 심해.'

크게 찢어져 출혈 혈관이 하나가 아닌 듯했다.

'시야가 확보되지 않는데, 지혈을 어떻게 하지?'

그런데 진현이 곤란한 표정을 짓는 순간이었다.

스윽.

철제 수술도구를 든 괴인의 손이 움직이더니 턱하니 시야가 확보되었다.

"……!"

진현은 놀라 괴인을 바라보았다. 마치 같은 외과의사의 손놀림 같은 정확한 어시스트였다.

"감사합니다."

"……."

여전히 답은 없었다.

진현은 수술용 실을 가지고 하나하나 지혈을 해나갔다.

쉽지는 않았다. 지혈용 전기 칼도 없고, 있는 거라고는 시야 확보용 도구, 메스, 수술용 실 정도밖에 없었으니까.

그러나 괴인의 정확한 어시스트가 진현의 집도를 도와주었다.

진현은 그 뛰어난 솜씨에 놀라 연신 괴인을 바라봤다.

수술 전체의 흐름을 읽지 않으면 이런 어시스트를 할 수가 없다. 그리고 수술의 흐름을 읽는 것은 비슷한 수술을 해본 외과의사가 아니면 불가능하다.

"혹시 외과의사십니까?"

"……."

대답을 못하는 것인지 아니면 하기 싫은 것인지 계속 답이 없었다.

무언가 사정이 있는 정체불명의 외과의사.

'혹시……?'

순간 진현의 머릿속에 혹시나 하는 가정이 스쳐 지나갔다.

그의 인생에 가장 큰 흔적을 남긴 그 이름.

그러나 그는 고개를 저었다.

'수술에나 집중하자.'

그리고 머지않아 중요 혈관들의 지혈이 끝나고 간이 수술이 마무리됐다. 가장 중요한 고비를 넘긴 것이다.

모두 괴인의 조력 덕분이었다.

"도와주셔서 감사합니다."

"……."

진현이 감사를 표했으나 괴인은 장갑을 벗고 말없이 사라질 뿐이었다.

그 뒤 비바람이 살짝 잦아들어 헬기를 탄 구조대가 도착해 환자를 내륙으로 이송했다.

급한 조치는 성공적으로 했으니 생명에 지장은 없을 것이다. 폭풍 같은 밤을 보낸 후, 진현은 경태와 숙소에서 휴식을 취했다.

그래도 비바람이 조금씩 잦아들고 있어 다행이었다.

이 추세대로라면 곧 배를 타고 서울로 돌아갈 수 있을 듯했다.

그리고 하루가 지나고, 마침내 하늘이 맑게 개었다.

"내일 아침에 배가 들어올 겁니다."

그 말에 진현은 미소를 지었다.

드디어 서울에 돌아갈 수 있게 되었다.

"경태야, 집에 가고 싶지?"

"네."

진현과 경태 모두 뜻하지 않게 길어진 외지 생활로 몰골이 말이 아니었다. 그렇게 섬 생활을 마무리하기 전날 밤, 진현은 숙소에서 잠이 안 와 뒤척거렸다. 피곤하지만 잠이 안 오는 느낌. 이상하게 가슴이 싱숭생숭했다.

진현은 쓴웃음 짓고 자리에서 일어났다.

왜 이런 기분이 드는지는 알고 있었다.

'정체불명의 괴인… 누구일까?'

그렇지 않을 거라 생각하면서도 자꾸만 한 명의 인물이 떠올랐다.

한때 친구였던, 그러면서도 가장 추악한 악연이었던… 인물.

왜 자꾸 그가 떠오르는 것일까?

진현은 쓴웃음을 지었다.

'가능성이야 있겠지. 물론 아닐 수도 있고. 하지만 그이면 어떻고, 아니면 어떻단 말인가?'

그와의 악연도 벌써 15년이 넘게 지났다. 그렇게나 시간이 빨랐다.

'됐어. 술이나 먹자.'

그는 황문진이 남기고 간 발렌타인을 들고 바닷가로 걸어 나갔다. 잠도 안 오는데 밤바다나 보며 술이나 한 모금 마셔야겠다.

'문진이한테 새로 한 병 사줘야지.'

그는 동쪽으로 덧없이 걸어 호젓한 바닷가에 도착했다.

찰싹찰싹.

차분한 파도 소리를 들으며 해변가에 앉으려는데, 한 인영을 발견하고 눈을 크게 떴다.

그 괴인이었다.

그가 해변가에 앉아 바다를 바라보고 있었다.

"……."

진현은 주저하다 괴인 옆에 앉았다. 괴인의 눈이 힐끗 그를 향했다.

마음속에 다시 의문이 피어올랐다.

—이 괴인이 정말 그일까?

확인하는 방법은 간단했다.

직접 물어보면 되니까.

"혹시……."

하지만 진현은 질문을 삼키고 다시 입을 다물었다.

물어보면?

정말 그가 맞으면 어떻게 할 건데?

대신 진현은 발렌타인 병을 따고 숙소에서 같이 챙겨온 술잔에 술을 따라 한 잔 들이켰다. 위스키의 싸한 느낌이 가슴을 차갑게 가라앉혔다.

그리고 왜일까?

진현은 괴인에게 충동적으로 말했다.

"그날은 감사했습니다. 한 잔 같이하겠습니까?"

말을 뱉고 진현은 후회했다. 이 괴인과 왜 술을 같이 마신단 말인가?

'어차피 대답도 없을 건데.'

그런데 의외의 일이 일어났다.

괴인이 손을 내민 것이다.

"……!"

진현은 놀란 표정을 지었다가 술잔에 위스키를 졸졸 따라 내밀었다. 괴인은 진현이 내민 잔을 한번에 들이켰다.

"술을 잘 마십니까?"

"…그냥 조금."

잔뜩 갈라진 음성.

처음 듣는 괴인의 목소리였다.

괴인은 황금빛 위스키를 보며 말했다.

"…제가 좋아하는 술이군요."

"그렇습니까?"

좋아하는 술…….

이 술을 좋아하던 누군가가 다시 한 번 떠올랐다. 고등학생 어린 시절, 그와 이 술을 시험이 끝날 때마다 마셨었다.

진현은 하늘을 올려다보았다.

바닷가 위의 밤하늘은 서울과 다르게 온갖 별빛으로 반짝이고 있었다.

"더 마시겠습니까?"

괴인은 고개를 끄덕였다.

그렇게 진현과 괴인은 밤하늘의 별을 안주 삼아 술을 마셨다. 별다른 대화는 없었다.

"혹시……."

진현은 주저하며 입을 열었다. 그는 이런 질문을 하려 했다.

—당신은 혹시…….

그러나 다시 질문을 삼켰다.

구태여 확인해서 뭐할까? 그이면 어떻고 아니면 어떻다고.

어차피 스쳐 지나가는 인연. 오늘이 지나면 다시는 볼 일이 없을 텐데.

그저 진현은 하늘을 올려다보았다. 밤하늘은 반짝반짝 빛나고 있었다.

그 아름다운 밤하늘 때문일까?

술 맛이 나쁘지 않았고 그럭저럭 나쁘지 않은 밤이란 생각이 들었다.

메디컬 환생 완결

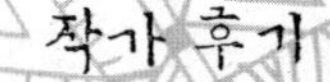

작가 후기

안녕하세요.

메디컬 환생의 저자 유인입니다.

우여곡절 끝에 메디컬 환생이 끝을 맺었습니다.

지금까지 많은 사랑을 주신 독자님들께 너무나 큰 감사를 드립니다. 부족한 글과 실력임에도 너무나 분에 넘치는 사랑을 받은 것 같습니다.

다시 한 번 감사를 드립니다.

사실 메디컬 환생은 여러모로 부족한 면이 많은 글입니다.

여러분께서도 많은 지적을 해주셨고, 저도 많은 면에서 공감을 했습니다.

애정을 가지고 지적해 주신 분들께 감사를 드리며, 실망하신 분들께는 죄송합니다. 앞으로는 더욱 좋은 글로 찾아뵐 수 있도록 노력하겠습니다.

부족한 솜씨 때문에 많은 아쉬움이 남지만 그래도 저는 메디컬 환생이란 글을 쓰면서 너무 즐거웠던 것 같습니다.

주인공이지만 왠지 정이 안 가 작가에게는 별 사랑을 받지 못했던 김진현.

작가에게 가장 많은 사랑을 받았던 이혜미.

독자분들에게 가장 많은 욕을 먹었지만 그래도 작가는 좋아했던 이연희.

그리고 이상민.

이 인물들과 함께하는 시간이 너무나 즐거웠습니다. 부족한 글이었지만, 메디컬 환생이 독자분들께 조금이라도 즐거움을 드렸다면 더할 나위 없이 기쁠 것 같습니다.

다시 한 번 독자님들께 감사를 드리며,
이만 인사를 올립니다.

—유인(流人) 배상.